이 멋진 세계에
폭염을!
3
두 사람은 최강! 이편

앞으로 자주
이런 폭발이 일어나겠지만,
부디 잘 부탁드립니다…….
세실리 언니야,
용돈 줘!

메구밍
—내 이름은 메구밍!
아크 위저드를 생업으로 삼고 있으며,
최강의 공격 마법,
폭렬마법을 펼치는 자……!

메구밍은 항상 이렇다니까!
뭐가 홍마족 제일의 천재야!
중요한 건 하나도 기억 못하
바보천치잖아!
자, 채소 스틱 줄게~.
이리 온, 이리 온~.

내 이름은 융융!
아크 위저드이자,
중급 마법을 사용하는 자,
이윽고 홍마족의 족장이 될 자!

호스트
……오호라, 네가 그 녀석을 해치운 거냐.
……메구밍?

안녕하세요, 지나가던 대마법사예요.
저를 따돌린 채 꽤나
흥겨운 시간을 보내고 있군요.

이 멋진 세계에 폭염을! 3

CONTENTS

프롤로그 P011

제1장 풋내기 마을의 모험가들(무법자) P017

제2장 명물(폭렬) 아가씨와 숲의 악마(이레귤러) P071

제3장 난폭한(아쿠시즈 교도) 성녀(프리스트)와 물의 여신 P127

제4장 액셀의 폭렬 아가씨 P185

에필로그 P251

이 멋진 세계에 폭염을! 3

두 사람은 최강!의 편

아카츠키 나츠메 지음
미시마 쿠로네 일러스트
이승원 옮김

프롤로그

멀리서 들려오는 남자애의 고함 소리.
눈을 감은 채 그 말에 귀를 기울이며 지금 내가 처한 상황을 떠올렸다.

—이곳은 풋내기 모험가의 마을, 액셀.

시작의 마을이라고도 불리는 이곳은 저레벨 모험가들이 모험 동료를 찾기 위해 모이는 장소다.
그렇다.
홍마족의 마을을 떠난 나는 상단을 호위하면서 이 마을에 도착했다.
그리고 호위에 대한 답례로 이 여관에서—.

"이세계 같은 데 오는 게 아니었어! 재시작이야! 재시작을 요구하겠어!"

생각에 잠겨 있을 때, 또 고함 소리가 들려왔다.
……이세계?
아래층에 술주정뱅이라도 있는 걸까.

"나야말로 재시작을 하고 싶다구, 이 빌어먹을 백수야! 나도 너처럼 아무짝에도 쓸모없는 말라깽이 남자애가 아니라, 좀 더 용사틱한 미남이 떠받들어 줬으면 싶단 말이야!"
"이 빌어먹을 녀석이!"

대체 뭐 때문에 싸우는 걸까.

침대에서 일어나 창문을 열어보니, 액셀 마을의 하늘을 선명하게 물들이고 있는 저녁노을이 눈에 들어왔다.

창밖의 거리에는 일을 끝마친 모험가들이 피곤해 보이는 얼굴에 미소를 머금은 채 돌아다니고 있었다.

그럴 만도 했다.

이곳은 풋내기 모험가의 마을.

나에게 있어 스타트 라인이라고 할 수 있는 곳이자, 단순한 통과점에 불과한 마을.

나는 분명 이곳에 잠시 동안만 머무르리라.

내가 창틀에 팔꿈치를 얹으면서 창밖을 보니, 일을 끝내고 돌아온 걸로 보이는 탁한 금발의 모험가가 자신의 뒤편에서 걷고 있는 동료들을 향해 들뜬 목소리로 말했다.

"어이, 오늘은 예상했던 것보다 더 많이 사냥했으니까 사치 좀 부려보자고!"

"만세~! 나는 상온 에메랄드 네로이드와 우뭇가사리 슬라임 정식!"

"오예~! 나는 시원한 맥주와 개구리튀김 정식!"

"어, 어이, 사치는 장비를 좀 더 갖춘 후에……. 뭐, 가끔은 괜찮겠지……. 나도 맥주에 개구리튀김 정식!"

……아크 위저드로서 대활약해 세상에 이름을 널리 알릴 예정인 나는, 이 풋내기의 마을에 오래 머물 생각이 없지만…….

"린! 키스! 테일러! 내일 아침까지 마셔 재끼자고!"

이 마을의 모험가들은 정말 즐거워 보였다—.

제1장

풋내기 마을의 모험가(무법자)들

1

촘스케를 노리던 스토커, 아네스를 격퇴한 우리는 상단의 리더에게서 사례금을 받았다. 그뿐만 아니라 그 사람은 고급 여관도 잡아줬다.

"—헛소리하지 마! 현대인인 내가 마구간 같은 데서 어떻게 자냐고!"

이 마을에 도착한 후로 계속 잠만 자던 나는 아래층에서 들려오는 고함 소리 때문에 깼다.

상단의 리더가 잡아준 이 방은 2층 가장 안쪽이었다.

그 고함 소리는 꽤 떨어져 있는 이 방까지 들려왔다.

"나도 마구간에서 자기 싫어! 하지만 돈이 없으니 어쩔 수 없잖아!"

아무래도 마구간에서 묵는 사람들이 다투고 있는 것 같았다.

이 마을에 온 지 얼마 안 된 모험가들일까.

"내가 생각했던 모험가 생활과는 달라도 너무 다르잖아! 모험가는 화끈하게 돈을 벌어서 가장 좋은 방에 묵고, 숙취 때문에 고생할 정도로 퍼마셔야 하는 거 아냐?!"

"내가 그딴 걸 어떻게 알아! 에리스 교도인 아저씨한테서 받은 돈도 천 에리스밖에 안 남았거든? 이걸로 저녁 먹고 빨리 자자!"

"제, 젠장! 나는 이런 생활을 하기 위해 여기에 온 게 아닌데!"

나는 그런 시끌벅적한 소리를 들으면서 융융이 있는 옆방으로 향했다.

—풋내기 모험가가 모이는 마을, 액셀.

모험가라면 누구라도 한 번은 방문하는 마을.

"융융, 일어났나요? 저는 시끄러운 모험가들 때문에 잠이 깼어요. 1층에 가서 밥이라도 먹지 않겠어요?"

옆방에 노크를 하자 졸려 보이는 융융이 방에서 나왔다.

"자고 있었으면 억지로 안 일어나도 돼요."

"……괜찮아. 누가 나에게 같이 밥 먹자고 하는 일은 좀처럼 없거든."

…….

나는 안타까운 소리를 하는 융융과 함께 아래층으로 내려갔다.

대부분의 여관은 1층에서 식당 겸 술집을 운영한다.

손님들이 몰릴 시간대인지 사람들로 넘쳐 나는 1층에서 빈자리를 발견한 우리는, 그곳에 앉아 이곳의 명물이라는 개구리튀김 정식을 주문했다.

나와 융융은 잠시 후 나온 그 요리를 먹으면서 앞으로 어떻게 할 것인지 의논했다.

"오늘은 이런저런 일이 벌어진 바람에 좀 피곤하지만, 그래도 모르는 마을에 도착했으니 뭉그적거릴 수야 없죠. 내일부터 뭘 할지 정하는 게 어떨까요?"

"그래, 당분간은 퀘스트를 하면서 생활비를 벌어야 할 것 같아. 그러려면 우선 동료를 모아야겠지."

동료를 모은다, 라.

그렇다면 우선 모험가 길드에 가보는 편이 좋으리라.

"융융도 동료를 모을 건가요? 저는 폭렬마법을 사용하면 마력이 고갈되어서 움직이지 못하게 되니 어쩔 수 없지만, 간단한 퀘스트라면 융융 혼자서도 할 수 있지 않나요?"

"솔로면 몬스터에게 포위당했을 때 불안한 데다, 나도 같이 모험할 동료를 가지고 싶어. 같은 여관에서 지내면서 함께 밥을 먹고, 대형 퀘스트를 끝내고 나면 술집에서 다 같이 건배를 하는 그런 동료 말이야. ……어. 별생각 없이 마을을 떠나 여기까지 왔지만, 그런 생활도 나쁘지 않을 것 같네……."

융융은 튀김을 포크로 푹푹 찔러 대면서 계속 중얼거렸다.

"그럼 내일부터는 동료를 모아야겠군요. 모험가 길드에는 파티 멤버 모집 게시판이라는 게 있대요. 그걸 보러 가죠. 그리고 퀘스트를 어떻게 받는지도 물어봐야겠어요."

나는 눈을 반짝이며 생각에 잠겨 있는 융융을 내버려 둔 채, 식사를 하러 온 사람들에게 정보를 수집하기로 했다.

이 마을에 온 또 하나의 목적을 달성하기 위해서였다.

"—저기, 잠깐 실례해도 될까요?"

"어, 꼬마 아가씨. 이 늦은 시간에 이런 데서 뭐하니?"

"엄마가 걱정할 테니 빨리 돌아가렴."

근처 테이블에 있던 2인조 아저씨들에게 말을 걸었더니 느닷없이 어린애 취급을 당했다.

"아, 저는 이래 봬도 어엿한 모험가예요. 자, 이걸 보라고요!"

어린애 취급을 당하고 살짝 짜증이 난 나는 자신의 모험가 카드를 척 내밀었다.

"미, 미안해, 미안하다고! 그런데 아가씨. 우리한테 무슨 볼일이라도 있어?"

"예, 실은 물어볼 게 있어서요. 이 마을에 폭렬마법을 쓰는 마법사가 있다고 들었어요."

""폭렬마법?""

그들은 폭렬마법을 모르는지 고개를 갸웃거렸다.

"최강의 공격 마법이에요. 아무튼, 미인에 글래머인 실력파 마법사가 이 마을에 있다고 들었는데요……."

"미인에 글래머인 실력파 마법사……. 아, 그 가게 주인 말이구나."

"그래. 가난뱅이 점주를 말하는 게 분명해."

"가, 가난뱅이 점주?"

나는 뜻밖의 대답을 들었다.

"마도구점을 운영하고 있는 이 마을의 유명인이지."

"맞아. 예전에는 모험가로도 활동했던 실력파 마법사야."

전직 모험가인 실력파 마법사.

역시 내가 찾던 그 사람인 걸까?

하지만 가난뱅이 점주라는 말이 신경 쓰였다.

내가 어릴 적에 만났던 그 사람은 차분한 분위기와 똑 부러지는 인상을 지니고 있었다. 하지만 장사 센스는 없었던 걸까?

나는 그 가게의 위치를 물어보고 그걸 마음속에 새겨 뒀다.

이제 장소를 알았으니 언제든지 만나러 갈 수 있다.

그렇다면 멋지게 성장한 내 모습을 보여줘야 하는데…….

"……일단 이 마을에서 어엿한 모험가로서 살아갈 수 있게 된 후에 가보도록 할까요."

정작 본인을 만날 수 있게 되니 약간 망설여졌다.

2

"자, 융융. 가죠! 기합 잔뜩 넣으라고요!"

"아, 알았어. 그런데 왜 이렇게 의욕이 넘쳐?!"

우리는 이 마을을 대충 돌아본 후, 이른 아침부터 모험가 길드로 향했다.

"무슨 소리를 하는 거예요. 오늘부터 우리가 고대해 왔던 본격적인 모험이 시작된다고요! 아직 보지 못한 강적들과의 피 끓는 사투! 제 폭렬마법에 휘말려 소멸하는 몬스터들! 상상만 해도 완전 흥분돼요! 이런 상황에서 의욕이 생기지 않는 게 오히려 이상하잖아요!"

흥분한 나머지 마을 안에서 지팡이를 휘둘러 대는 나를 향해—.

"아, 알았어! 알았으니까 목소리 좀 낮춰!"

부끄러워하는 융융이 주위를 둘러보면서 말했다.

이른 아침이라 그런지 돌아다니는 사람이 많지 않았다.

우리는 동료를 구하기 위해 곧장 모험가 길드로 향했다.

이 문 너머에는 미래의 영웅 후보들이 우글거리고 있을 것이다.

문 앞에 선 나는 흥분한 목소리로 융융에게 말했다.

"잘 들어요, 융융. 이럴 때는 첫마디가 중요해요. 여긴 거친 모험가들이 잔뜩 있는 모험가 길드라구요. 분명 신입에 나이도 어린 저희를 얕잡아 보겠죠. 그러니까 문을 열어젖히자마자 화려하게 자기소개를 하는 거예요! 홍마족이 얕보일 수는 없으니까요!"

"뭐어?! 지, 진짜로 하려고?! 관두자! 너무 눈에 띌 거야!"

"무슨 소리예요?! 눈에 띄려고 자기소개를 하는 거잖아요!

자, 들어가죠!"

"아아아…… 무서운 사람들과 시비가 붙지 않기를, 시비가 붙지 않기를……!"

나는 문을 열어젖히자마자 망토를 펄럭이면서 큰 목소리로 외쳤다!

"내 이름은 메구밍! 홍마족 제일의 마법사이자, 폭렬마법을…… 펼치는……."

안에는 아무도 없었다.

"부, 부끄러워……!!"

내 뒤편에서 촘스케를 안고 있는 윰윰이 얼굴을 새빨갛게 붉힌 채 어깨를 부르르 떨었다.

그 말을 들은 나도 약간 얼굴을 붉혔다.

"지금 가요……. 어머, 이른 아침부터 무슨 일로 오셨나요?"

아무도 없는 줄 알았던 길드의 안쪽에서 직원으로 보이는 언니가 나왔다.

다시 길드 안을 둘러보니 일거리를 찾는 모험가는 물론이고 길드 한편의 술집을 이용하는 손님조차 없었다.

나는 마음을 다잡은 후, 카운터석에 앉아 있는 언니에게 다가갔다.

"아, 안녕하세요. 저는 아크 위저드인 메구밍이라고 해요. 저기, 모험가로서 활동하는 건 처음이라, 뭘 어떻게 하면 좋을지 몰라서요……."

"아, 눈동자를 보아하니 홍마족분이군요. 그러고 보니 홍마족은 학교에서 모험가 카드를 만들죠? 그럼 이미 카드를 갖고 계시겠네요? 일을 드리기 전에 범죄 경력이 없는지 확인하기 위해 카드를 조회하고 싶습니다만……."

나는 접수 카운터 언니의 말을 듣고 카드를 보여주려다 문뜩 어떤 생각이 떠올랐다.

"저기, 카드 조회는 좀 있다 해도 될까요? 괜찮다면 다른 모험가들이 이곳에 온 후에 하고 싶은데요."

"예? 그래도 상관은 없는데요……."

우리는 영문을 모르겠다는 표정을 짓고 있는 언니에게서 벗어나 근처에 있는 테이블 자리에 앉았다.

"저기, 메구밍. 왜 카드 조회를 안 했어? 내가 먼저 할까?"

"마음대로 하세요. 저는 사람들이 좀 더 모인 후에 할 거예요."

융융은 의아하다는 표정을 지으면서 접수 카운터의 언니에게 카드를 건넸다.

"그럼 카드를……. 어머나! 호, 홍마족답게 정말 대단하시군요! 이렇게 마력이 강한 분은 처음 봤어요!"

"그, 그런가요……."

나는 두 사람의 대화를 들으며 입가에 미소를 머금었다. 그리고 다른 모험가들이 올 때까지 기다렸다.

3

길드 안에 서서히 사람들이 몰리더니, 술집에서 식사를 하는 사람들과 짭짤한 일거리를 찾아 게시판을 살펴보는 사람들로 북적이기 시작했다.

나는 술집 특유의 시끌벅적한 소리를 들으며 작은 목소리로 중얼거렸다.

"……슬슬 때가 무르익은 것 같군요."

그렇게 말하며 내가 자리에서 일어서자 테이블 맞은편에서 파스타를 먹고 있던 융융이 고개를 들었다.

"저기, 왜 사람들이 몰린 후에 카드를 조회하려는 거야? 아까는 아무도 없어서 수속 절차도 금방 끝났는데……."

나는 눈치 없는 융융에게 잠깐 갔다 올게요, 라고 말한 뒤 사람들로 혼잡한 접수 카운터를 향해 걸어갔다.

참고로 이럴 때 어느 접수 카운터를 골라야 하는지는 이미 알고 있다.

가장 예쁜 언니가 있는 접수 카운터를 골라야 하는 것이다.

그런 언니는 길드의 얼굴마담이거나, 전직 실력파 모험가 같은 깜짝 놀랄 만한 배경이 있을 가능성이 크다고 한다.

학교 수업 때 배운, 이 업계의 상식이었다.

"그럼 다음 분…… 어머. 당신, 홍마족이죠?"

웨이브 진 머리카락의 글래머 미인 언니는 접수 카운터에서 내 눈을 쳐다보며 그렇게 말했다.

"예. 홍마족 맞아요. 오늘부터 이 마을을 거점으로 삼아 활동할 생각이라, 모험가 카드를 조회하러 왔어요."

"그렇군요. 그럼 모험가 카드를 확인할게요. ……이, 이럴 수가?! 정말 대단하네요! 홍마족답게, 지력과 마력 수치가 엄청나요……!"

길드 직원 언니가 그렇게 외치자 그 말을 들은 모험가들이 술렁거렸다.

그렇다. 나는 이것을 원했다. 내 스테이터스를 보고 놀라는 길드 직원 언니, 그리고 술렁거리는 모험가들!

이걸로 이 마을의 모험가들은 나를 얕보지—.

"어제 오셨던 그분만큼은 아니지만 상당히 높은 마력을 지니셨군요……. 전과도 없으시고, 이 카드도 진짜가 맞네요. 이제 언제든지 퀘스트를 받으실 수 있습니다."

……어?

"잠깐만요. 어제 그분만큼은 아니라고요? 다시 말해 저보다 높은 마력을 지닌 사람이 있다는 건가요?"

"아, 예. 어제 모험가 등록을 하러 오셨던 분인데……. 그 분은 지력이 낮아서 마법사 계열 직업은 고를 수 없었어요. 그래서 그분은 아크 프리스트를 골랐던 걸로 기억해요."

아크 프리스트?

"아, 어제 그 애 말이구나."

"그래. 그 애야."

"미인이긴 했지만, 그 애는 좀……. 자기가 신이라고 떠들어 댔었잖아."

"아쿠시즈 교도만 아니라면 좋았을 걸. 그리고 그런 정신 나간 소리를 해 대는 애만 아니었으면 스카우트했을 텐데……."

"아쿠시즈교의 프리스트니까, 그렇게 고래고래 고함을 지르며 정신 나간 소리를 해 댄 거겠지."

길드 직원 언니가 그렇게 말하자 우리 이야기에 귀를 기울이던 모험가들이 낮은 목소리로 그렇게 말했다.

그 애가 누굴까.

방금 길드 직원 언니가 말한 아크 프리스트를 말하는 걸까?

아무튼 그 사람이 아크 프리스트의 길을 선택했다면 최강의 아크 위저드가 되는 게 목표인 내 걸림돌이 되진 않을 것이다.

지금은 그것보다—.

"너, 너 말이야! 혹시 동료가 없니? 이 마을에서 지내는 동안 함께 모험을 할 동료는 정했어?"

"어이, 새치기하지 마! 내가 먼저라고!"

"저희 파티는 상급 직업이 두 명이나 있어요! 당신도 들어오지 않겠어요?!"

길드 직원 언니와 내 대화를 엿듣고 있던 모험가들이 나를 스카우트하려고 몰려왔다.

4

—나는 술집 한편에서 두 남녀와 인사를 나눴다.

"내 이름은 라이즈야. 전사지. 이 녀석은 도적인 라이나. 잘 부탁해!"

"저는 메구밍이라고 해요. 잘 부탁해요."

""……본명이야?""

"본명이에요. 내 이름에 불만이 있다면 어디 말해 보실까?"

"아, 아냐! 불만 같은 거 없어! 맞아. 너는 홍마족이었지……."

"머, 멋진 이름이라고 생각해!"

두 사람은 허둥대면서 그렇게 말했다.

나는 남매인 이 두 사람의 파티에 들어가기로 했다.

보통 모험가 파티는 네 명에서 여섯 명으로 구성된다.

인원수가 적은 파티에 들어간 이유는 머릿수가 적을수록 보수의 분배액이 커지기 때문이다.

현재 나에게는 상단의 리더에게 받은 사례금밖에 없으니 한시라도 빨리 돈을 벌어야 했다.

문뜩 아까까지 앉아 있었던 테이블을 쳐다보니, 융융이 우물쭈물하면서 주위를 쳐다보고 있었다.

아무래도 파티 멤버 모집 용지를 게시판에 붙인 파티에게 자신을 동료로 받아달라는 말이 하고 싶은데 입이 떨어지지 않는 것 같았다.

저기…… 하고 한 손을 꼼지락거리면서 작은 목소리로 말해 보지만 주위의 소음 때문에 다른 사람에게 들리지 않았다.

융융의 낯가림을 고칠 좋은 기회다. 혼자 힘으로 어떻게든 하도록 일단 놔두자.

"왜 그래? 혹시 신경 쓰이는 다른 모험가라도 있어?"

"우리 파티는 메구밍을 포함해도 세 명밖에 안 되니까, 멤버를 좀 더 늘려도 괜찮긴 해."

"아무것도 아니니까 신경 쓰지 마세요. 일단 토벌 관련 퀘스트를 해 보는 건 어떨까요? 먼저 퀘스트를 수행하면서 파티의 상성을 보는 거예요. 테스트 기간 같은 거죠."

내 말에 그 두 사람도 동의했다.

고개를 돌려보니 우물쭈물하고 있던 융융이 길드 직원한테서 받은 종이에 뭔가를 쓰고 있었다.

아무래도 남에게 말을 거는 것을 포기한 융융은 직접 파티 멤버를 모집하기로 한 것 같았다.

"밤쥐 토벌 퀘스트가 있네. 메구밍, 이건 어때?"

"이 시기의 밤쥐는 기름이 올라서 맛있으니까 괜찮을 것 같아."

밤쥐가 뭘까.

기름이 올랐다느니, 맛있다느니 같은 말을 하는 걸 보면 식용으로 쓸 수 있는 몬스터인 것 같았다.

지금은 식욕의 계절인 가을이다. 밤이 맛있는 계절인 것이다.

밤쥐라. 듣는 이의 가슴을 뛰게 만드는 이름을 가진 몬스터다.

"그럼 그걸로 하죠!"

생전 처음 맡은 퀘스트인 만큼, 나는 흥분한 목소리로 그렇게 말하며 고개를 끄덕였다.

5

밤쥐.

주식이 밤인 이 몬스터는 부드러우면서도 맛있는 육질을 지녔다고 한다.

중형견과 비슷한 몸집을 지닌 밤쥐는 잽싸게 마을의 농업 구역에 침입해서 농가가 재배한 가을 먹거리들을 먹어 치운다.

"메구밍, 메구밍! 대량의 밤쥐가 이쪽으로 왔어! 엄청 몰려왔다고! 마법으로 단숨에 쓸어버려! 라이나는 쥐들이 메구밍에게 다가가지 못하도록 엄호해!"

"오빠, 위험해! 뒤쪽에 한 마리 있어!"

"우왓! 큰일 날 뻔 했네……!"

라이즈가 지닌 방패에서 금속음이 흘러나왔다.

밤쥐의 몸통 박치기를 방패로 막은 것이다.

"맡겨만 주세요! 이 정도 숫자라면 한 방에 쓸어버릴 수 있어요! 잠시만 시간을 벌어주세요!"

"괘, 괜찮은 거지?! 하, 한두 마리가 아니라고! 아, 아무튼 서둘러!"

"오빠, 앞 좀 봐!"

라이나가 쥐 떼를 향해 나이프를 던지면서 그렇게 외치자 라이즈는 허둥지둥 방패를 고쳐 들었다.

또 금속음이 울려 퍼지더니 그 뒤를 이어 밤쥐의 가시에 방패가 긁히는 소리가 들렸다.

밤쥐라는 약간 귀여운 이름을 지닌 이 몬스터의 몸은 밤처럼 가시로 뒤덮여 있었다.

금속제 방어구를 장비하지 않은 이가 이 몬스터의 몸통 박치기를 맞는다면 중상을 입을 것이다.

라이나가 나이프를 던져 밤쥐들을 해치우는 가운데, 라이즈는 죽을힘을 다해 나를 지키고 있었다.

실패해서는 안 되는 상황이라 긴장한 내 볼을 타고 땀 한 방울이 흘러내렸다.

이윽고 마법 영창이 끝나자 나는 지팡이를 치켜들면서 두 사람을 향해 외쳤다.

"두 사람 다 적한테서 떨어지세요! 밤쥐가 밀집해 있는 곳에 마법을 날리겠어요!"

""알았어!""

두 사람이 쥐 떼와 거리를 벌렸다.

그와 동시에 나는 외쳤다!

"『익스플로전』—!"

지팡이 끝에서 뿜어져 나온 섬광이 밤쥐 무리에게 꽂혔다.

착탄 지점이 새하얗게 빛나고 방대한 마력과 함께 열기와 빛이 부풀어 올랐다.

농업 구역에 울려 퍼지는 굉음과 함께 내가 펼친 마법은 밤쥐 무리를 완전히 소멸시켰다.

폭렬마법의 맹위는 밤쥐 무리뿐만 아니라 그들이 먹이로 삼고 있던 밤나무까지 쓸어버렸고 라이즈와 라이나 또한 지면을 뒹굴었다.

비명을 지르면서 지면을 뒹구는 두 사람과 함께 나 또한 마법의 여파 때문에 지면을 뒹굴면서도, 대량의 몬스터를 단숨에 쓸어버린 덕분에 상쾌한 느낌에 잠겼다.

……하지만 다음부터는 폭렬마법의 효과 범위를 제대로 파악해 둬야겠다.

"하아…… 하아……. 마, 마마마마……."

"마마, 말도 안 돼~!"

라이나와 라이즈는 몸을 일으키더니 주위의 참상을 둘러보며 비명을 질렀다.

"훗, 밤쥐쯤이야 저한테는 한 방감이죠! 방금 제가 쓴 마법이야말로 제 오의이자 궁극 마법인, 폭렬마법이에요!"

"포, 폭렬마법! 습득하더라도 소비 마력이 너무 커서, 대부분의 마법사는 쓰지도 못한다는 그 폭렬마법! 엉터리 마법이라고 들었는데 이게 무슨 엉터리 마법이야?! 지형조차 바꿔버렸잖아!"

"그 많은 밤쥐들을 한 방에……. 대, 대단해……!"

두 사람은 의기양양한 나를 향해 감탄 섞인 목소리로 그렇게 말했다.

그리고 라이즈는 말을 이었다.

"그럼 밤쥐한테 피해를 입고 있는 다른 장소에 가볼까? 그리고 다음에는 그 마법 말고 다른 마법을 써줬으면 좋겠어. 밤쥐 토벌 보수는 얼마 안 되거든. 원래 쥐고기를 팔아서 버는 돈이 주 수입원이야."

"맞아. 그리고 쥐와 함께 이 근처에 있던 밤나무도 다 쓸어버렸잖아. 변상금이 얼마나 될지……. 뭐, 밤쥐를 백 마리 정도 잡으면 손해를 메울 수 있을 거야. 그런데……."

라이나는 내 옆에서 몸을 숙이더니—.

"—언제까지 누워 있을 거야? 폭풍에 휘말렸을 때 다치기라도 했어?"

걱정스러운 표정으로 나를 쳐다보면서 그렇게 말했다.
"아, 그저 마력을 다 써서 움직이지 못하는 것뿐이에요. 그래서 오늘은 더 이상 마법을 못 써요……."
쓰러진 내 얼굴을 향해 코를 내밀고 킁킁거리는 촘스케를 신경 쓰던 라이즈가 말했다.
"그렇게 마력을 많이 사용해? 그럼 한동안 그 마법은 쓰지 말고 내일부터는 다른 마법을 써줘. 그 폭렬마법이라는 건 여차할 때만 써달라고."
"맞아. 평소에는 중급 마법이나 상급 마법으로……."
나는 그런 소릴 하고 있는 두 사람에게 말했다.
"못 써요."
"……응? 뭘 못 쓴다는 거야?"
"아, 상급 마법을 못 쓴다는 거지? 뭐, 중급 마법으로도 충분하니까……."
"그게 아니라, 저는 폭렬마법밖에 못 써요. 제가 습득한 마법은 폭렬마법뿐이에요."

"""…………."""

두 사람은 잠시 동안 침묵했다. 이윽고 라이즈가 입을 열었다.

"으음, 진짜로 그거밖에 못 써?"

"그래요."

"……즉, 하루에 한 번 그 마법밖에 못 쓴다는 거네?"

"그래요."

두 사람은 잠시 동안 침묵한 후—.

""……상의 좀 해볼 테니까 잠시만 기다려.""

"어?!"

두 사람은 그렇게 말한 후 쓰러져 있는 나와 거리를 뒀다.

나는 바닥에 엎드린 채 꼼짝도 할 수 없었다. 그리고 내가 있는 곳에서는 두 사람의 목소리가 들리지 않았다.

그리고 잠시 후, 두 사람이 돌아왔다.

"기다리게 해서 미안해. ……뭐랄까, 우리 같은 풋내기 모험가는 메구밍이 활약할 무대를 만들어줄 수 없을 것 같아."

"그, 그래. 폭렬마법 같은 엄청난 마법을 가진 너는 우리에게 있어 돼지 목에 진주 목걸이나 다름없어."

두 사람은 겸손한 소리를 했다.

"저는 딱히 상관없는데요? 천천히 성장해준다면 그걸로……."

파티란 서로의 부족한 부분을 메우기 위해 존재하는 것이다.

하지만 라이즈는 내 말을 듣더니 허둥지둥 고개를 저었다.

"아, 아냐. 애초에 우리 같은 풋내기 2인조가 홍마족 아크 위저드를 동료로 삼으려고 한 것부터 주제넘은 짓이었어!”

“응! 게, 게다가 우리 둘 다 상급 직업도 아니잖아! 격이 안 맞는다고나 할까, 밸런스가 너무 안 맞아!”

으음……. 저렇게까지 말하니 어쩔 수 없다.

“이번 퀘스트는 밤나무까지 훼손했으니 적자가 될 것 같지만, 그 금액은 우리가 부담할게!”

“응! 그러니까 우리가 더욱 강해져서 메구밍에게 어울릴 만한 레벨이 된다면, 그때 다시 파티를 짜자! 알겠지?!”

그렇게 말한 두 사람은 나를 부축하며 길드로 향했다.

6

큰일 났다.

오늘 처음 만난 사람들에게 폭렬마법에 휘말려 파괴된 나무를 변상하게 하는 것은 미안해서 내가 변상하기는 했지만—.

“순식간에 돈이 바닥나고 말았어요…….”

마력이 바닥난 탓에 나른해진 나는, 테이블에 엎드린 채 순식간에 가벼워진 지갑 안을 쳐다보았다.

나한테서 좀 떨어진 곳의 구석 테이블에는 융융이 홀로 앉아 식사를 하고 있었다.

내가 퀘스트를 하러 간 동안, 아무도 그녀에게 말을 걸지 않은 것일까.

마력이 어느 정도 회복되었을 즈음, 문뜩 융융이 파티 멤버 모집 용지를 게시판에 붙였다는 게 생각나 게시판에 가 보니…….

【파티 멤버를 모집합니다. 친절한 사람, 재미없는 이야기도 잘 들어주는 사람, 상대방의 이름이 이상해도 웃지 않을 사람. 퀘스트가 없는 날에도 같이 있어줄 사람. 전위 직업인 분을 구합니다. 가능하면 나이가 비슷한 분으로. 저는 얼마 전에 열세 살이 된 아크 위저드—.】

친구나 애인이라도 모집하는 걸까.

좀 더 간단하게 모집해야 관심을 가져줄 것 같은데…….

여러모로 태클을 걸고 싶었지만 지금은 내 앞가림을 하기에도 벅찬 상황이었다.

……그렇다. 이런 식으로 생각하고 싶지는 않지만 어쩌면 나는 아까 전의 두 사람한테서 아무짝에도 쓸모없다는 평가를 받은 게 아닐까.

그 두 사람은 자신들의 실력이 나에게 미치지 못한다고 말했지만 어쩌면 나를 파티에서 쫓아내기 위해 일부러 그런 소릴 한 건…….

—내가 그런 생각을 하면서 침울해하고 있을 때였다.

"어이, 신입! 너, 꽁치도 모르는 거냐?! 대체 지금까지 어떻게 살아온 거야?!"

"아, 꽁치가 뭔지는 알아요. 알고말고요. 꽁치는 생선이죠? 그걸로 이 메뉴에 적힌『꽁치 소금구이 정식』이라는 걸 만들려는 거죠?"

길드 안에 있는 술집 주인이 갈색 머리카락을 지닌 소년에게 고함을 질러 대고 있었다.

이 마을에 도착한 날에 마차 창문 너머로 본 그 사람이다.

특이한 옷을 입고 있었기 때문에 기억하고 있다.

아무래도 저 소년은 술집에서 고용한 아르바이트 같았다.

아침에는 보이지 않았으니까 오늘부터 아르바이트를 시작한 걸까.

"그래. 바로 그 꽁치야. 생선이라고, 생선. 비늘도 있고, 팔딱팔딱 뛰는 녀석이지. 이 계절에는 기름이 올라서 특히 맛있어."

"알아요. 그것도 안다고요. 저기, 죄송한데 한 번 더 지시를 내려주시겠어요?"

"길드 뒤편에 있는 밭에 가서 꽁치를 두 마리 잡아 와."

"헛소리 작작 해."

그 소년은 점주를 향해 앞치마를 집어 던지며 화를 냈다.

저 사람이 바로 요즘 문제가 되고 있다는 참을성 없는 아이라는 걸까.

밭에 가서 꽁치를 잡아 오라는 단순한 일을 왜 저렇게 싫어하는 거지?

점주와 말다툼을 시작한 그 소년의 옆으로 어떻게 한 건지는 몰라도 엄청난 양의 술잔을 양손으로 든 물빛 머리카락의 웨이트리스가 지나갔다.

그녀는 저 갈색 머리카락의 소년과 같이 있던 사람이다.

이 사람도 저 소년과 마찬가지로 오늘부터 이곳에서 일하기로 한 아르바이트인 걸까.

"오래 기다리셨습니다! 시원한 크림슨 네로이드를 가지고 왔습니다~!"

"오, 드디어 나왔…… 푸웁! 이게 뭐야?! 평범한 물이잖아! 어이, 장난치는 거냐!"

"신입! 너, 아까부터 뭘 하는 거야! 왜 손님에게 자꾸 물만 가져다주는 거냐고! 내가 만든 술은 다 어디 갔어?! 설마 네가 몰래 다 마신 거냐?!"

그 소년과 말다툼을 하던 점주가 웨이트리스를 향해 고함을 질렀다.

"아, 아냐! 술에 손가락이 닿았을 뿐인데……! 저기, 내 말 좀 들어봐! 이건 내 체질이야! 사실 나는 물의 여신……!"

"어이! 내 말 좀 들으라고, 아저씨! 이 마을에 온 지 얼마 안 된 꼬맹이라고 바보 취급하지 말란 말이야! 은둔 경력이

긴 내가 성실하게 일하기로 작정하자마자 왜 이딴 꼴을 당해야 하는 건데! 대체 뭐하는 거야?! 혹시 신입 괴롭히기냐? 말도 안 되는 지시를 내려서, 내가 당황하는 모습을 보며 즐기려는 거지?!"

울먹거리는 소녀와 불같이 화를 내는 소년.

그런 두 사람을 본 점주의 이마에 새파란 힘줄이 돋았다.

"시끄러워! 영문 모를 소리를 지껄이고 있는 건 바로 너희 둘이잖아! 둘 다 모가지다, 모가지!"

소년은 모가지라는 말을 듣자마자 점주와 드잡이를 시작했고 소녀는 남들이 보는 앞에서 엉엉 울어 대기 시작했다.

……저 사람들에 비하면 나는 그나마 정상인 축에 속할 것이다.

나는 그들을 보며 조금이나마 자신감을 되찾았다. 그리고 오늘은 일단 여관으로 돌아가기로 했다.

—융융과 함께 여관으로 돌아가고 있을 때였다.

"저기, 메구밍. 오늘은 어땠어? 좋은 파티는 만났어?"

"아뇨. 함께 퀘스트를 맡기는 했는데…… 자기 파티에 있어 저는 돼지 목에 진주 목걸이라며 동료로 받아주지 않더라고요."

"그랬구나. 하긴, 메구밍의 마법은 강력하지만 쓸 수 있는 타이밍이 한정되잖아."

그렇게 말한 융융은 온 지 얼마 안 된 이 마을에 관심이 가는지 주위를 계속 기웃거리고 있었다.

"그러는 융융은 파티 멤버를 모집했죠? 찾아온 사람이 없었나요?"

"있었어. 있긴 했는데……. 아무리 봐도 우리 아버지 연배로 보이는 아저씨가『너, 열세 살이라면서? 이 아저씨……가 아니라, 나도 열세 살이야! 전위 직업인 사람을 구한다며? 이 아저…… 나는 고레벨 크루세이더니까 한번 믿어봐! 아가씨를 지켜줄게!』하고 말하더라구."

"거절했죠? 물론 거절했죠?!"

"으, 응. 거절하긴 했는데……. 그 사람, 내 이야기도 들어주고, 점심도 사주더라. 왠지 엄청 좋은 사람처럼 보이더라니깐. 내일도 이야기를 나누고 싶다고……."

"내일 그 사람이 또 말을 걸어오면 절대 말도 섞지 마세요! 그리고 파티 멤버 모집 용지도 장난삼아 쓰지 말고 좀 제대로 써서 다시 붙이세요!"

"뭐?! 자, 장난삼아 쓴 거 아닌데……!"

7

—다음 날.

"어서 오세요~. 아, 너 모험가지? 길드 측에서 모험가에게 전할 주의 사항이 있다니까 접수 카운터로 가봐."

길드에 도착한 나에게 웨이트리스 언니가 그렇게 말했다.

주의 사항?

내가 고개를 갸웃거리면서 접수 카운터로 가보니, 마침 길드 측에서 모험가들에게 한창 설명을 하고 있었다.

"숲에서 악마형 몬스터를 목격했다는 정보가 들어왔습니다. 이야기에 따르면 그렘린 같은 하급 악마형 몬스터는 아닌 것 같아요. 악마형 몬스터는 마법을 사용하거나 지능이 높은 강적인 경우가 많습니다. 현재 길드 측에서도 조사 중이니 실력에 자신이 없다면 숲에서의 퀘스트는 자제해 주십시오."

모험가들은 그 말을 듣더니 한숨을 내쉬었다.

숲에서의 퀘스트 중에는 짭짤한 것이 많다고 한다.

풋내기 모험가는 우선 자이언트 토드라고 불리는 몬스터를 사냥하면서 레벨을 올리고, 안정적으로 개구리를 사냥할 수 있게 되면 숲에 들어가는 것이 왕도라고 했다.

나는 주의 사항을 다 들은 후, 파티 멤버 모집 용지가 붙어 있는 게시판 쪽으로 향했다.

상단의 리더는 저번 일의 답례로 우리가 묵을 숙소를 잡아주면서 2주일분의 숙박비를 선불로 내줬다.

2주가 지나 여관에서 쫓겨나기 전에 멤버를 모아서 수입원을 확보하고 싶었다.

"오늘은 멤버를 모집하고 있는 사람들에게 접촉해 보기로 할까요."

나는 혼잣말을 중얼거린 후, 게시판에 붙어 있는 종이들을 체크했다.

그러다 융융이 붙인 걸로 보이는 모집 용지를 발견했다.

【파티 멤버를 모집합니다. 대화가 자주 끊겨도 괜찮은 사람, 매일 찾아가도 거추장스러워하지 않을 사람, 시선을 맞추며 이야기하지 못해도 화내지 않는 사람. 직업 불문, 연령 불문입니다.】

아무래도 직업과 연령 쪽에서 타협한 것 같았다.

그 타협의 방향성에 문제가 있는 것 같지만…….

나는 오늘도 술집 구석 테이블에서 자신과 파티를 짜려 하는 사람을 기다리고 있는 융융을 무심코 쳐다보았다.

융융은 여행을 떠나면서 가지고 온 대전형 보드 게임을 혼자서 하고 있었다.

애수가 느껴지는 그 모습이 너무 안타까운 나머지 말을 걸어볼까 싶었지만 이것도 융융에게 있어서는 수행이었다.

나는 게시판에 붙어 있는 멤버 모집 용지를 훑어보았다. 그 게시판에는—.

【마법사와 프리스트 모집 중. 현재 멤버는 소드마스터, 랜

서, 도적, 이렇게 세 명입니다. 마왕 토벌을 진지하게 목표로 삼고 있습니다. 의욕만 있다면 초심자라도 대환영입니다. 저희와 함께 세상을 구하지 않겠습니까?】

이렇게 머릿속이 용사님인 것 같은 자가 붙인 모집 용지와―.

【파티 멤버 모집 중. 현재 크루세이더와 도적 2인조. ~~모집 멤버는 변태 같은 성직 취향을 지닌 인간 말종.~~ 모집 멤버는 전위 직업 한 명, 후위 직업 한 명. 상식적이고 제대로 된 사람을 모집합니다.】

줄을 쭉쭉 그어서 뭔가를 지운 흔적이 있는 모집 용지도 있었다.

앞부분과 뒷부분의 필체가 다른데 지워진 부분에는 대체 어떤 글이 적혀 있었던 걸까.

고민에 잠겨 있던 나는 문뜩 적당해 보이는 모집 용지를 발견했다.

【파티 멤버 모집. 파티 인원은 현재 네 명. 전위 직업 두 명. 에리스 교도인 프리스트 한 명과 아처 한 명. 모집 직업은 마법사.】

괜찮은 파티 구성이다.

나는 면접을 보기 위해 이 모집 용지를 붙인 파티를 찾아갔다.

"―흐음, 메구밍이구나. 홍마족다운 이름이네. 나는 이 파티의 리더인 아인이라고 해. 기대할게."

허리에 검을 찬 전사 같은 분위기의 남성이 그렇게 말했다.

그 외에는 창을 든 사람, 에리스교의 펜던트를 지닌 프리스트, 그리고 커다란 활을 짊어진 사람이 있었다.

이 사람들은 내 실력을 파악하려는 듯한 눈길로 나를 쳐다보고 있었다.

멤버는 전원 남성이며 그들의 평균 레벨은 12였다.

슬슬 풋내기 모험가를 졸업했다고 할 수 있는 레벨이었다.

"잘 부탁해요. 그럼 서로의 실력을 확인할 겸 퀘스트를 맡아보지 않겠어요?"

"그래. ……좋아, 그럼 숲에 들어가자. 악마형 몬스터가 목격되었다지만 홍마족 마법사가 있다면 문제없겠지. 그래도 되지?"

"물론이죠. 악마든 뭐든 일격에 해치워주겠어요."

내가 자신만만한 목소리로 그렇게 말하자 멤버들의 표정이 밝아졌다.

8

마을 근처에 존재하는 숲 속에서 아인의 고함 소리가 울려 퍼졌다.

"숫자가 너무 많아! 잭과 토머스는 메구밍과 함께 물러나!

로드는 나와 함께 이 녀석을 해치우자!"

우리가 맡은 퀘스트는 숲에서 대량 발생한 슬라임을 사냥하는 것이었다.

이 슬라임이라는 몬스터는 소형일 경우 크게 위협이 되지 않는다. 하지만 먹이를 먹고 거대해지면 일류 모험가들도 어찌할 수 없을 만큼 골치 아픈 몬스터가 되는 것이다.

물리 공격에도 강하며 체내에 있는 핵을 파괴하지 않는 한 활동을 계속한다.

"아인, 이 녀석들에게 무기 공격은 거의 통하지 않아! 메구밍, 마법으로 어떻게 안 되겠어?!"

로드라고 불린 사람이 근처에 있는 슬라임을 향해 창을 내지르면서 외쳤다.

"죄송하지만 이 상황에서 마법을 쓰면 저희 모두 휘말리고 말아요. 좀 더 넓은 장소로 이동한다면 쓸 수 있을 거예요!"

"그, 그렇구나! 어쩔 수 없지! 어이, 로드! 우리끼리 어떻게든 하자!"

"젠장, 어쩔 수 없지!"

후위인 우리가 지켜보고 있는 가운데, 전위인 두 사람이 슬라임을 쓰러뜨렸다.

이윽고 거친 숨을 내쉬면서 화상과 비슷한 상처를 입은 두 사람이 돌아왔다.

토머스라는 이름의 프리스트가 그 두 사람에게 뛰어가더니 상처를 치유해줬다.

"슬라임의 몸집이 작아서 다행이야. 메구밍, 어때? 나와 로드의 실력은 합격점이야?"

"예. 물론이죠. 두 사람 다 멋졌어요. 다음은 제 실력을 보여줄 차례군요."

아인과 로드는 내 말을 듣더니 배시시 웃으면서 기대할게, 라고 말한 후 돌아섰다.

"—왜 이런 곳에 블러디 모몬가가 있는 거야?! 이 녀석들은 숲 깊숙한 곳에 있는 몬스터잖아!"

"우리 공격은 닿지 않아! 잭, 메구밍! 활과 마법으로 해치워!"

숲 안으로 들어간 우리는 커다란 모몬가 무리에게 공격을 받았다.

아인과 로드는 활공하고 있는 모몬가들이 접근하지 못하도록 무기로 위협하면서 그렇게 외쳤다.

"죄, 죄송해요! 이렇게 저공비행하면서 밀집해 있는 모몬가들을 노렸다간 저희 근처에 마법이 착탄하고 말 거예요!"

"뭐?! 그럼 다른 적당한 마법은……. 젠장, 잭! 네가 어떻게 해봐!"

"아, 알았어! 나한테 맡겨!"

잭이 날아다니는 블러드 모몬가를 활로 격추시킬 때, 나는 촘스케를 지키기 위해 품속에 집어넣은 후 다른 이들에게 방해가 되지 않도록 몸을 숙였다.

바로 그때, 내 모자에 액체 같은 것이 묻었다.

이 액체는 뭐지?

비가 내린 것치고는 하늘이 맑은데…….

갑자기 아인이 방패로 머리 위를 가리면서 날카로운 목소리로 외쳤다.

"블러디 모몬가는 사냥감을 마킹하기 위해 오줌을 뿌려! 그 오줌은 일주일 동안 냄새가 빠지지 않을 정도로 강렬하니까 조심해!"

분노에 사로잡힌 나는 블러디 모몬가를 격추하기 위해 닿지 않을 걸 뻔히 알면서도 지팡이를 붕붕 휘둘렀다.

"어이, 메구밍! 뭘 하는 거야?! 얌전히 머리를 숙이고 있어!"

"말리지 마세요! 이 빌어먹을 모몬가들을 멸종시키지 않는 한, 이 분노가 풀리지 않을 거란 말이에요!"

토머스가 나를 꼼짝 못하게 잡고 있는 사이 대부분의 블러디 모몬가는 퇴치됐고, 살아남은 녀석들도 불리하다는 사실을 인식했는지 도망쳤다.

"—소중한 모자에 저놈들의 오줌이 묻었어요……. 물로

깨끗하게 빤 후에 냄새가 빠질 때까지 여관에 놔둘 수밖에 없겠네요…….”

모몬가들을 격퇴하고 잠시 휴식을 취하는 동안, 나는 강렬한 냄새가 나고 있는 모자를 원망 섞인 눈길로 쳐다보았다.

그리고 로드가 그루터기에 앉아 있는 나에게 다가왔다.

“어이, 하나 물어볼 게 있는데 말이야. 너는 어떤 상황이어야 마법을 쓸 수 있는 거야?”

“그, 그러니까……. 마법에 휘말릴 만한 게 없는 널찍한 장소에서, 적과 충분히 떨어져 있을 때라고 할까요?”

내가 두 차례의 전투에서 전혀 도움이 되지 않자 로드는 내 실력을 못 믿는 것 같았다.

“그럼 숲에 들어온 것 자체가 미스였네. 오늘은 너한테 우리 실력을 보여준 걸로 생각할게. 그리고 내일은 평원에서 사냥이라도 하자고.”

옆에서 이야기를 듣고 있던 아인이 그렇게 말하면서 몸을 일으켰다.

왠지 미안한 느낌이 들었고 나 자신이 한심하게 느껴졌다.

바로 그때였다.

부스럭 하고 수풀이 흔들리더니 뭔가가 모습을 드러냈다.

“슬라임? 블러디 모몬가의 피 냄새를 맡고 온 건가. 마침 잘됐네. 이걸로 퀘스트도 완……료…….”

나타난 것은 슬라임이었다. 하지만……!

""""어, 엄청 커!""""

그 슬라임은 몸집이 헛간과 비슷할 정도로 컸다.

"어이, 큰일 났어! 이 사이즈를 우리가 상대하는 건 무리야! 도망치자!"

"하, 하지만, 이 정도로 성장한 녀석을 내버려 둘 거야?! 지금 해치우지 않으면 다음에 왔을 때는 해치울 엄두도 나지 않을 만큼 커져 있을 거야! 이 근처에 있는 모몬가의 시체도 저 슬라임이 먹어 치울 게 뻔하다고……!"

아인과 로드가 당황한 목소리로 언성을 높였고 잭과 토머스는 망연자실한 표정을 지은 채 멍하니 서 있었다.

나는 그런 네 사람을 향해 말했다.

"슬라임한테서 떨어지세요."

내가 그렇게 말한 순간, 네 사람이 나를 향해 고개를 돌렸다.

"뭐, 뭐야. 마법을 쓸 생각이야?"

"그냥 이대로 도망치는 편이……."

네 사람은 그런 소리를 하면서도 거대한 슬라임에게서 떨어졌다.

슬라임은 주위에 흩어져 있는 모몬가의 시체를 먹어 대기 시작했다.

먹이가 잔뜩 있기 때문인지 우리에게는 눈길도 주지 않았다.

내가 그 슬라임을 쳐다보며 마법을 영창하기 시작하자 네 사람이 내 뒤편으로 이동했다.

"어, 어이, 슬라임은 마법에도 강한 내성을 지니지 않았어? 소형이라면 몰라도 저렇게 커다란 슬라임을 해치우는 건 홍마족이라도 무리 아냐?"

"쉿, 입 다물고 있어. 신입의 실력을 볼 좋은 기회잖아. 쓰러뜨리지 못해도 좋아. 저 사이즈의 슬라임에게 대미지를 입힐 수 있다면 우리 파티의 멤버로 받아들이기에 충분하다고."

내 등 뒤에서 로드와 아인의 목소리가 들려왔다.

"이번 보수는 포기해야겠네. 그것보다 길드에 돌아가면 저렇게 큰 슬라임이 존재한다는 걸 바로 보고해야겠어."

잭이 도망칠 준비를 하면서 말했다.

"저런 대형 슬라임이 이 숲에 있다는 걸 보고하기만 해도 보수를 받을 수……. ……어? 이, 이게 뭐야?!"

프리스트인 토머스가 내 영창을 듣더니 당황한 목소리로 말했다.

"토머스, 왜 그래? 신입의 마법에 무슨 문제라도 있어?"

"어, 메구밍의 주위에 정전기가 흐르고 있잖아. 전격 계열 마법이라도 쓰려는 건가?"

그런 토머스와는 달리, 아인과 로드는 느긋한 목소리로

그렇게 말하면서 관심을 보였다.

이 자리에 있는 이들 중 나 이외에 유일하게 마법을 쓸 수 있는 토마스만이 곧 펼쳐질 마법의 규모가 상상을 초월한다는 사실을 눈치챈 것 같았다.

점점 얼굴이 새파랗게 질리는 토마스를 본 다른 세 사람이 다시 나를 주시했다.

"어, 어이, 메구밍. 꼭 저 슬라임을 쓰러뜨릴 필요는 없거든? 저런 사이즈의 슬라임을 쓰러뜨릴 수 있는 모험가는 액셀 마을에 없어. 길드에 보고하면 다른 마을에서 실력자를 불러올 거야."

"어, 어이, 괜찮은 거 맞지? 왠지 공기가 떨리는 것 같은 느낌이 드는데……."

아인과 로드가 불안 가득한 목소리로 말했다.

나는 영창을 계속하면서 모몬가의 시체를 먹어 치우고 있는 슬라임을 향해 지팡이를 들었다.

"자, 잠깐만 있어 봐. 왠지 엄청 위험한 느낌이 들어! 어이, 좀 더 떨어지는 편이 좋겠어!"

"뭐? 토마스, 무슨 소리야? 이렇게 떨어져 있잖아. 그 어떤 마법이라도 이렇게 떨어져 있으면……."

로드가 그렇게 말한 순간, 폭렬마법의 영창이 끝났다.

"여러분, 머리를 숙이세요! 저딴 슬라임은 제 필살 마법으로 없애버리겠어요!"

네 사람은 내 말을 듣더니 허둥지둥 몸을 숙이려 했다.

“『익스플로전』—!!”

지팡이 끝에서 뿜어져 나온 섬광이 슬라임의 몸에 꽂혔고, 그와 동시에 슬라임의 거대한 몸이 부풀어 올랐다.

그리고 눈부신 빛과 함께 주위의 나무들을 부러뜨리는 폭풍이 발생했다.

그 굉음 때문에 주위에 있는 새들이 일제히 날아올랐고 충격파는 숲 전체를 뒤흔들었다.

자욱하던 연기가 사라지자 거대한 슬라임은 완전히 사라졌다. 그리고 마력을 전부 소모한 나와 다른 네 명이 지면에 쓰러져 있었다.

……다음에는 거리를 좀 더 벌려야겠다.

9

—길드 안의 술집.

마력이 바닥난 탓에 테이블에 엎드려 있는 내 주위에서 기분이 좋아 보이는 아인 일행이 대낮부터 술을 마시고 있었다.

“이야~, 역시 홍마족! 정말 대단했어!”

“그 광경은 그야말로 장관이었어! 마법이 작렬한 후의 참상을 보고 온몸이 떨렸다니깐!”

"설마 마법에 내성이 있는 슬라임을 일격에 쓰러뜨릴 줄이야……."

세 사람은 입 모아 나를 칭찬했다.

그때 주스를 한 손에 든 로드가 나에게 다가왔다.

"저기, 뭐야. 미안했어. 나는 네가 입만 산 허풍쟁이 마법사인 줄 알았거든. 미안해."

그렇게 말한 로드가 주스를 내밀면서 머리를 숙이자 나는 고개를 저었다.

"아뇨. 실은 저도 여러분에게 해야 할 말이 있으니, 그 말을 들은 후에 사과를 할지 말지 결정해 주세요."

내가 그렇게 말하자 네 사람은 의아하다는 표정을 지었다.

"사실 저는 아까 썼던 폭렬마법밖에 못 써요. 그리고 그 마법을 하루에 한 번만 쓸 수 있죠. 방금처럼 강적을 상대할 때는 비장의 카드 역할을 할 수 있겠지만, 이 파티는 매일같이 그런 강적과 싸우나요?"

아인은 내 말을 듣더니 마른침을 삼켰다.

"……다른 마법은 못 써? 중급 마법 같은 거 말이야."

"못 써요."

"…………저기 말이지, 네가 레벨을 올리는 걸 우리가 도와줄 테니까, 스킬 포인트를 모아서 중급 마법을……."

"저는 폭렬마법의 위력을 높여주는 스킬 외엔 익힐 생각이 없어요."

""""…………"""""

내가 주저 없이 그렇게 대답하자 네 사람은 입을 다물었다.

"저, 저기, 우리 파티는 약한 몬스터를 상대로 적당히 돈벌이를 할 생각인 녀석들뿐이야. 당장은 거물 몬스터를 상대할 생각이 없어. 미안하지만, 다른 파티를 알아봐주지 않을래……?"

—오늘 보수를 받고 네 사람과 헤어진 나는 마력이 부족한 탓에 몸이 나른한 상태에서 고민에 잠겨 있었다.

혹시 나는 천재가 아닌 걸까.

아무짝에도 쓸모없는 애일까.

……아직 초조해할 필요는 없다.

내가 이 마을에 도착하고 사흘밖에 지나지 않았으니까 말이다.

—나는 로드가 준 주스를 마시면서 나와 마찬가지로 파티 멤버를 찾고 있는 융융을 쳐다보았다. 그녀는 아침에 앉아 있던 자리에서 여전히 홀로 보드게임을 하고 있었다.

나는 융융의 등 뒤에 서서 그녀의 어깨를 가볍게 두드렸다.

"아, 예?! 자, 잘 오셨어요, 저는 융융이라고 해요, 직업은 아크 위저드지만, 아직 중급 마법밖에……."

헐레벌떡 말을 늘어놓으며 뒤를 돌아본 융융은 내 얼굴을 보더니 실망에 빠졌다.

"왜 그딴 태도를 취하는 거죠?! 술집 구석에서 혼자 놀고 있는 외톨이 동족을 불쌍하게 여겨 이렇게 말을 걸어준 건데!"

"잠깐! 외톨이라고 하지 마! 아직 멤버 모집 용지를 붙이고 이틀밖에 지나지 않았단 말이야!"

……그 종이를 보고 찾아오는 모험가는 없을 거라고 생각하지만 말이다.

나는 융융의 맞은편에 앉은 후, 보드게임 말을 게임 판 위에 놓았다.

"아, 뭐하는 거야. 아직 게임 안 끝났는데……."

융융은 불평을 늘어놓으면서도 기쁜지 입가를 씰룩거렸다.

우리는 술집 구석에서 보드게임에 열중했다.

"저기, 메구밍. 파티 멤버는 구했어?"

"아뇨. 오늘도 어떤 모험가 그룹과 퀘스트를 하러 갔는데, 저를 활용할 수 있는 파티는 아니었어요."

"흐음, 그랬구나. 실은 아침부터 술을 마시고 있던 한가해 보이는 아저씨가『나는 싸움 같은 건 할 줄 모르는 평범한 일반인이지만, 그래도 괜찮다면……』하면서 나한테 말을 걸어주기는 했어. 좀 고민해봤는데, 역시 모험가와 팀을 짜야만 할 것 같아서 거절했지. ……체크메이트."

"잠깐만요, 그럴 때는 고민하지 말고 바로 거절하라고요! 대체 왜 아저씨들만 당신한테 말을 거는 거죠?! 진짜로 걱정

되기 시작했어요……. 헌팅을 당해도 함부로 따라가면 안 돼요. 텔레포트."

"안 따라가. 나는 먹을 거에 낚이는 메구밍과는 다르다구. ……자, 메구밍 차례야."

"저도 이제 먹을 것에 낚이지 않아요. 두고 봐요. 곧 거물 현상범을 해치워서 한몫 잡을 거라고요……!"

시끌벅적한 술집 구석에서 보드게임의 말을 옮기던 우리는 언제부터인가 불평불만을 늘어놓기 시작했다.

"애초에 모험가라면 저희의 붉은 눈동자를 보자마자 『동료가 되어 달라』면서 몰려와야 정상일 것 같은데 말이죠. 역시 풋내기 모험가의 마을이라 그런지 홍마족에 대해 모르는 걸까요?"

"이 마을에는 마법사가 남아도는 걸까……. 하지만 마법사나 프리스트는 꽤 희소 직업이라고 학교에서 배웠잖아. 역시 우리가 너무 어린 게 문제인 걸까……. 체크메이트."

"큭! 여기서 물러났다간 소드마스터가 돌격할 테고, 이쪽 칸은 아처의 사정거리니까…… 이쪽으로 텔레포트. ……이 마을에는 마법사로 보이는 사람이 거의 안 보이니까, 수요는 있을 것 같은데요."

일단, 붉은 눈동자를 지닌 우리를 계속 힐끔거리는 사람들도 있기는 했다.

하지만 말을 걸어오는 이는 없었다.

융융이 말한 것처럼 우리가 너무 어린 게 문제인 걸까.

"텔레포트는 성가시지만, 그래도 이걸로 끝이야! 모험가가 가장 약한 말이라고 방심했나 보지? 이 모험가 말을 소드마스터로 클래스 체인지! 자, 이걸로 승부는 기울었어!"

"…………익스플로전!"

"앗~!!"

나는 아크 위저드 말의 특수 스킬로 게임 판을 엎어버린 후, 땅이 꺼져라 한숨을 내쉬었다.

내일은 동료를 구할 수 있을까.

"메구밍, 한 번 더! 한 번 더 승부하자! 익스플로전은 하루 한 번밖에 못 쓴다는 게 공식 룰이니까 이번에는 반드시 이기겠어! ……잠깐만, 어디 가는 거야? 이기고 도망치지 마~!"

10

나는 여관으로 향하면서 앞으로 어떻게 할지 생각해봤다.

내가 오늘까지 체험해본 파티는 총 두 개다.

폭렬마법만 쓸 수 있는 마법사는 필요치 않은 존재인 걸까.

아니다. 약한 몬스터를 전문으로 상대하는 파티에서는 필요 없을지도 모르지만, 좀 더 상위 모험가라면…….

그렇다. 고액의 현상범을 노리는 파티, 그리고 마왕을 타도하기 위해 최전선에서 활약하는 모험가 그룹이라면 분명 나를 필요로 할 것이다.

이 마을에도 분명 있으리라.

마왕 토벌을 목표로 삼은 모험가가 말이다.

내가 그런 생각을 하면서 노곤한 몸을 이끌고 걷고 있을 때, 힘찬 목소리가 들려왔다.

"자, 보고 가세요! 강에서 갓 낚은 신선한 바나나가 겨우 300에리스! 300에리스밖에 하지 않습니다! 사 가시지 않겠습니까!"

"사 가시지 않겠습니까! ……어. 너 지금 뭐라고 했어? 강에서 낚은 바나나라고 하지 않았어?"

과일 가게 앞에서 바나나를 팔고 있는 이는 갈색 머리카락을 지닌 소년과 질부채를 움켜쥔 물빛 머리카락의 소녀였다.

왠지 요즘 들어 저 두 사람을 자주 보는 것 같았다.

"자, 지금 사시면 겨우 300에리스! 두 송이 사시면 2배인 600에리스! ……지만, 잘 들으세요! 원래 두 송이 사시면 600에리스지만, 지금은 단돈 500에리스! 엄청 쌉니다요!"

"싸, 쌉니다요! ……어이, 방금 바나나를 강에서 낚았다고……."

아무래도 술집에서 잘린 저 두 사람은 노상 판매 아르바이트를 시작한 것 같았다.

몰려든 구경꾼들을 보고 흥분한 물빛 머리카락의 소녀는

질부채로 책상을 두드리면서 더욱 큰 목소리로 외쳤다.

“자, 오셔서 구경하고 가세요! 이 바나나가 제 신호에 맞춰 감쪽같이 사라질 거예요!”

“어, 어이. 너, 그런 것도 할 줄 알아?! 지금 구경꾼들이 꽤 몰렸는데, 실패라도 하면 어쩌려고 그래?!”

나는 물빛 머리카락의 소녀가 한 말을 듣고 흥미가 생겨서 그 자리에 멈추어 지켜보았다.

“속임수나 트릭 같은 건 없습니다! 자, 이 천을 바나나에 씌웁니다! 그리고 사라지라고 빌게요! 사라져라~, 사라져라~. 그러면…… 짜잔!”

““““우오오오오오오오?!””””

관객들이 술렁대는 가운데, 나도 깜짝 놀랐다.

천을 치우자 그 천 밑에 있어야 하는 바나나가 남김없이 사라진 것이다.

“우와아아아아아아아!”

“저 애, 뭐야?! 이렇게 엄청난 실력을 지닌 길거리 마술사는 처음 봐!”

“어이, 바나나 줘! 한 송이 살게!”

“아, 나도 살 거야!”

“나도! 나는 두 송이 줘!”

구경꾼들이 손님으로 변하더니 물빛 머리카락의 소녀에게 쇄도했다.

"감사합니다! 어이, 이대로 가면 할당량 정도는 순식간에 채울 수 있겠어! 자, 빨리 사라진 바나나를 다시 꺼내! 후딱 팔아 치우자고!"

갈색 머리카락의 소년이 희희낙락하면서 그렇게 말하자 옆에 있는 소녀는 영문을 모르겠다는 표정을 지었다.

"무슨 소리야? 바나나는 사라져 버렸잖아. 이제 없다구. 자, 이제 판매용 바나나를 가지고 와!"

"뭐?! 잠깐만, 나야말로 무슨 소린지 모르겠거든?! 사라졌다는 게 무슨 소리야? 그렇게 어이없이 바나나가 사라진다는 게 말이 되냐고! 어이, 어디 숨겼어?! 농담하지 말고 빨리 내놔!"

"농담 아냐. 속임수나 트릭 같은 건 없다고 아까 내가 말했잖아. 자, 빨리 판매용 바나나와 마술용 바나나를 가지고 와."

"헛소리하지 마! 해가 중천에 떴는데 잠꼬대하지 말라고~!"

손님들이 망연자실한 표정을 짓고 있을 때, 누군가가 그 두 사람의 어깨를 두드렸다.

그 사람은 바로, 딱딱한 표정을 짓고 있는 과일 가게 주인이었다.

"너희 둘 다 해고야."

"대체 왜~!"

"잠깐만 있어 봐. 아니, 잠깐만 있어 보세요. 저는 상관없잖아요?! 바나나를 없앤 건 이 녀석이라고요!"

그 말을 들은 물빛 머리카락의 소녀는 울음을 터뜨렸고 갈색 머리카락의 소년은 변명을 늘어놓았다.

그 두 사람을 보니 왠지 고민 같은 걸 하는 게 바보 같다는 생각이 들어서 다시 여관으로 향했다.

막간 극장【서막】

—모집하는 외톨이 소녀—

나는 모험가 길드 구석에서 파티 멤버 모집 용지가 붙은 게시판을 힐끔힐끔 쳐다보며 안달복달했다.

지금까지 함께 여행을 해 온 친구…… 아니, 라이벌인 메구밍은 순식간에 동료를 구해서 퀘스트를 하러 갔다.

모험가 데뷔 첫날부터 크게 뒤지고 만 것이다.

메구밍은 참을성이 없고, 말보다 주먹이 빠르며, 감성 또한 이상한 편이지만, 그래도 꽤 사교적이다.

하지만 내가 지금까지 살아오면서 말을 가장 많이 건 상대는 집에서 기르던 마리모[#1]다.

그런 내가 모르는 사람에게 말을 거는 것 같은 어려운 행동을 할 수 있을 리 없다.

나는 몇 차례 시도해본 후 결국 포기했다.

그래서 파티 멤버 모집 용지를 게시판에 붙였는데—.

"……읏! 봤어! 저 사람, 내가 붙인 모집 용지를 본 게 분명해!"

게시판 쪽을 보니 내가 붙인 종이를 읽고

#1 마리모 공 같은 형태를 지닌 녹조류.

있는 모험가 파티가 눈에 들어왔다.

어쩌면 저 사람들이 내 동료가 되어줄지도 몰라. 어떻게 하지, 인사는 어떻게 하지, 인사도 생각해 두지 않다니 나는 정말 바보야. 우선 이름을 말하고 다음에는 직업, 그리고 특기를……!

머리끝까지 피가 치솟은 내가 당황한 가운데, 그 사람들은 종이를 손가락으로 가리키며 고개를 끄덕였다. 그리고 기쁜 표정을 지으며 누군가를 찾기 위해 주위를 두리번거리더니…….

나와 시선이 마주치자 부르르 떨면서 고개를 돌렸다.

이윽고 그 모험가 파티는 몸을 움츠린 채 살금살금 길드 밖으로 나갔다.

아무래도 파티 멤버를 모집하려는 사람들은 아닌 것 같았다…….

하지만 괜찮다. 모집 용지에는 아크 위저드라는 사실도 적어 뒀다.

분명 곧 다른 모험가 파티가 나를 멤버로 영입하러……!

—아무도 오지 않았다.

몇몇 파티가 모집 용지를 보기는 했지만 나와 눈이 마주치자 내빼듯이 살금살금 도망쳤다.

……이윽고 내가 있는 테이블에 안경을 낀 언니가 다가왔다.

"저, 저기……. 죄송한데 잠시 실례해도 될까요?"

"아, 예! 무슨 일이죠? 저는 융융이라고 해요! 직업은 아크 위저드지만 마법은 중급 마법밖에 못 쓰죠! 정말 죄송해요! 하지만 금방 상급 마법을 익힐게요!"

"아, 저, 저는 모험가 길드 사람이에요! 멤버 모집 용지를 보고 온 게 아니라고요!"

아무래도 길드 직원인 것 같았다.

"저, 저기, 무슨 일이죠? 제가 붙인 종이에 혹시 문제라도 있나요……?"

"아, 아뇨. 내용이 조금 그렇기는 하지만, 문제는 그게 아니라……. 모집 용지를 보고 있는데 어떤 애가 뚫어지게 노려봐서 무섭다는 항의가 들어와서요……."

아니에요. 신경 쓰여서 쳐다본 것뿐이에요.

"홍마족분의 눈에 차는 모험가는 좀처럼 없을 거라고 생각해요. 그래도 마음에 들지 않는 분이 모집 용지를 쳐다본다고 붉게 빛나는 눈으로 노려보지는 말아주셨으면 하는데요……."

아니에요. 홍마족은 감정이 끓어오르면 눈동자가 붉게 빛나는 종족이에요.

제 종이에 관심을 가져주는 게 기뻤을 뿐이에요.

"……죄, 죄송해요. 앞으로는 조심할게요……."

내가 그렇게 말하자 직원분은 안도의 한숨을 내쉬면서 돌아갔다.

……남들이 나 때문에 겁을 먹었다는 이야기를 듣고 약간 충격을 받았다.

풀이 죽은 내가 테이블에 엎드려 있을 때였다.

"너, 열세 살이라면서?"

그 말을 듣고 고개를 들어보니―.

"이 아저씨……가 아니라, 나도 열세 살이야! 전위 직업인 사람을 구한다며? 이 아저…… 나는 고레벨 크루세이더니까 한번 믿어봐! 아가씨를 지켜줄게!"

중후한 전신 갑옷을 입은 40대 아저씨가 거친 숨을 내쉬면서 속사포처럼 말을 쏟아 내고 있었다.

…………

"……그럼, 일단 이야기만이라도……."

"뭐?!"

그 아저씨는 자기가 말을 걸었으면서 내 대답을 듣더니 화들짝 놀랐다.

제2장
메구밍 아가씨와 숲의 악마

1

―마을 밖에 펼쳐져 있는 대평원.

이 평원에는 자이언트 토드라고 불리는 개구리를 비롯해 각종 졸개 몬스터가 서식하고 있다.

하지만 멋진 갑옷을 걸친 건장한 수위를 두려워하는 건지, 몬스터들은 마을에 접근하지 않았다.

그런 액셀 마을의 정문 앞에서―.

"『익스플로전』―!!"

"어이! 너, 지금 뭘 하는 거야?!"

느닷없이 폭렬마법을 날린 나를 향해 수위 아저씨가 뛰어왔다.

"어이, 아가씨. 대체 뭘……. 느, 느닷없이 마법을 날리나 했더니 왜 쓰러져 있는 거야?! 대체 이게 무슨 일이냐고! 정신 차려!"

그 수위 아저씨는 마력을 전부 다 쓴 탓에 쓰러진 나를 안아 일으켰다.

나는 고개만 겨우 들면서 말했다.

"처, 처음 뵙겠습니다……. 얼마 전에 이 마을에 온 홍마족, 메구밍이라고 해요. 앞으로 자주 이런 폭발이 일어나겠지만, 부디 잘 부탁드립니다…….”

“좀 봐달라고! 하다못해 몬스터가 있을 때만 마법을 써! 의미 없이 마법을 쓰지 말란 말이야!”

내가 인사를 건네자 아저씨는 나를 향해 비명에 가까운 목소리로 고함을 질렀다.

—마력이 바닥나서 몸이 나른한 나는 춈스케를 데리고 마을 안을 걷고 있었다.

나는 폭렬마법을 쓴 덕분에 마음속에 쌓여 있던 울분이 발산되어 혼잣말을 중얼거리면서 생각에 잠겼다.

“오늘도 마법사를 모집한다는 모집 용지가 안 붙어 있었어요. 대체 어떻게 된 걸까요. 혹시 이 마을의 모험가들은 마법사가 필요하지 않은 걸까요……?”

내가 이 마을에 오고 일주일이 지났다.

요즘 들어 모험가 길드의 게시판에는 마법을 쓸 수 있는 멤버를 모집한다는 종이가 붙지 않았다.

게시판에 붙어 있는 것은 친구를 모집하는 건지, 모험가를 모집하는 건지 알 수가 없는 융융의 멤버 모집 용지뿐이었다.

원래 마법사는 다른 직업에 비해 숫자가 적다.

그러니 이렇게 순식간에 수요가 없어질 리가 없는데…….

—폭렬마법을 쏜 덕분에 개운해진 나는 모험가 길드에 도착했다.

지금은 모험가에게 있어 한창 일해야 할 시간인 한낮이다.

하지만 나는 오늘도 모험가 길드의 테이블에 엎드려 있었다.

"어떻게 하죠……."

나는 깊은 한숨이 섞인 목소리로 중얼거렸다.

일주일 동안 몇몇 파티에 들어가서 함께 퀘스트를 했지만…….

어느 파티나 퀘스트가 끝난 후에는 냉랭한 태도를 취하면서 나와 파티를 짜는 것을 거부했다.

폭렬마법만 쓸 수 있는 마법사는 필요하지 않은 것 같았다.

내가 필요 없는 애 취급을 당하고 있는 것이다.

바로 내가 말이다.

천재라고 불렸던—.

"바로 내가아아아아아아앗!"

"꺄아~! 메, 메구밍, 갑자기 고함 지르지 마! 지금 대작에 도전하고 있단 말이야!"

내가 머리카락을 쥐어뜯으면서 고함을 지르자, 같은 테이블에 앉아 혼자서 놀고 있던 융융이 나를 비난했다.

이 애도 나와 마찬가지로 파티 멤버를 구하지 못한 것 같았다.

진지한 표정을 짓고 있는 그녀는 테이블 위에 트럼프 카드로 삼각형의 산을 만들고 있었다.

요즘 들어 융융은 혼자 노는 것에 꽤나 능숙해졌다.

어쩌면 혼자 노는 데 너무 집중해서 다른 사람들이 말을 걸지 않는 것일지도 모른다…….

나는 내 발치에서 몸을 동그랗게 말고 있는 촘스케를 테이블 위에 올려놓았다.

그러자 촘스케는 융융의 눈앞에서 희미하게 흔들리고 있는 트럼프 산에 관심을 가졌다.

그리고 트럼프 산에 성큼성큼 다가가더니…….

"냐옹~."

"아아아아아아아아아!"

파괴 충동을 억누르지 못한 이 칠흑의 마수는 융융의 대작을 주저 없이 파괴했다.

아무것도 모르는 고양이가 한 짓이니 어쩔 수 없다.

나는 트럼프 산을 파괴하고 기분이 좋아 보이는 촘스케의 머리를 마치 잘했다는 듯 쓰다듬어줬다.

"진짜로 어떻게 하죠……."

"어떻게 하고 자시고 간에, 우선 나한테 사과부터 해~!"

나는 융융의 고함을 한 귀로 흘리면서 멍하니 생각에 잠겨 있었다.

2

"—참, 메구밍은 들었어? 숲에 나타나는 악마에게 현상금이 걸렸대."

융융은 능숙하게 트럼프를 섞으면서 돈이 없는 내가 흘려들을 수 없는 소리를 했다.

"……호오. 자세하게 말해 보세요."

"원래 숲에 서식하던 몬스터는 옛날에 대부분 제거됐대. 그 후 몬스터들은 숲 깊숙한 곳에 숨어 살면서 마을 근처에는 다가오지 않았나 봐. ……그런데 요즘 들어 숲 깊숙한 곳에 숨어 있던 몬스터가 마을 근처에 나타나게 됐는데……. 그래서 숲이 짭짤한 사냥터로 주목받고 있어. 그리고 마을 근처에서 몬스터가 출몰하는 건 그 악마 탓이 아닐까 하는 소문이 돌고 있나 봐."

……숲 깊숙한 곳에 숨어 있던 몬스터가 마을 근처에서 출몰하고 있다?

그러고 보니 홍마의 마을에서도 비슷한 현상이 일어났었다.

그때는 악마 때문에 겁을 먹은 몬스터들이 마을 근처로 몰려왔었다.

그리고 아네스라는 악마가 몬스터들을 위협해서 우리가 타고 있던 마차를 덮치게 했던 일도 생각났다.

또 그 여자 악마의 짓일까?

하지만 내 회심의 폭렬마법을 아네스가 견뎌 냈을 것 같지는 않은데…….

이번 일은 우리와 상관없을 거라고 생각하지만 그래도 약간 불길한 예감이 들었다.

"융융, 그 악마 말인데요. ……어떻게 생겼는지……."

일단 겉모습이라도 확인하자고 생각한 바로 그때였다.

"어이어이, 신입 주제에 귀여운 여자애를 둘이나 데리고 하렘 파티를 차린 거냐! 완전 부럽네! 한 명 넘겨!"

길드 한편에서 샌드백 확정인 삼류 양아치가 할 법한 말이 들려왔다.

"잠깐, 너 뭐야?!"

"남한테 시비 걸지 말라구, 술주정뱅이야!"

그 뒤를 이어 여자애의 목소리가 들려왔다.

융융이 소란이 일어난 쪽을 힐끔 쳐다보려 하자—.

"안 돼요! 융융, 저런 자들과 눈을 마주치면 안 돼요. 우리까지 휘말리고 말 거라고요."

"자, 잠깐만, 메구밍? 방금 뭐라고 했어?! 도울 생각은 눈곱만큼도 없는 거야?!"

융융이 나를 비난했지만 이곳은 모험가 길드다.

거친 사람이 많은 모험가들에게 있어 이런 일은 일상다반

사일 것이다.

시비가 붙은 이는 신입 같지만 이것도 모험가의 전통 같은 것이리라.

하지만—.

“골치 아프네……. 나는 신입이 아냐. 이래 봬도 꽤 이름이 알려진 모험가지……. 이 마을에는 프리스트를 동료로 영입하고 싶어서 왔을 뿐이야. 보아하니 길드에 프리스트는 없는 것 같아서 오늘은 여관으로 돌아갈까 했는데……”

바로 그때, 차분한 목소리가 들려왔다.

“아앙? 이름이 알려진 모험가? 나는 너 같은 놈은 모르거든? 그리고 나 또한 이 마을에서는 꽤 이름이 알려진 모험가라고!”

“너는 악명이 알려진 거잖아! 그리고 이제 그만해. 저 사람은 상급 직업인 소드마스터야. 그리고 저 사람이 들고 있는 긴 마검이라구. 엄청난 마력이 느껴진단 말이야.”

방금 그 말을 한 사람은 저 양아치의 동료인 걸까.

여자애가 양아치를 말리는 목소리가 들려왔지만—.

“시끄러워~! 린, 너는 닥치고 있어! 마검인지 뭔지는 모르겠지만, 내가 그딴 거에 겁먹을 거라고 생각하지 마! 어이, 따라와! 너, 이름이 알려진 모험가님이라면서? 그럼 내 대련 상대가 되어달라고!”

“……어쩔 수 없지. 그럼 밖으로 나갈까? 너희는 먼저 여

관에 돌아가서 쉬고 있어."

"알았어. 그럼 먼저 갈 테니까 저딴 양아치는 후딱 해치우고 와."

"비겁해 보이는 녀석이니까 방심은 금물이야."

아무래도 상황은 일단락된 것 같았다.

이 소동의 중심인 두 사람은 길드 안에 있는 이들에게 주목을 받으면서 밖으로 나갔다.

왠지 일이 재미있게 돌아가고 있는 것 같아서 나도 그쪽을 쳐다보려 했지만—.

"메구밍, 아까 자기 입으로 했던 말을 잊었어?! 눈을 마주치면 안 된다며!"

융융은 작은 목소리로 그렇게 말하며 내가 저쪽을 쳐다보지 못하게 방해했다.

"이렇게 재미있는 상황을 놓칠 수야 없죠. 저도 볼래요."

"아, 안 돼! 보아하니 시비가 걸린 사람이 질 것 같지는 않아. 분명 저 양아치는 깨져서 돌아올 거야. 그때 눈이 마주친다면……."

"—제, 젠장! 저 치트 자식은 뭐야……. 미남에, 이렇게 강하기까지 하다는 게 말이 되냐고……. 어이! 뭘 봐! 구경났냐!"

진짜로 금방 돌아왔다.

아무래도 길드를 나서자마자 순식간에 당한 것 같았다.

“그러니까 내가 관두라고 했잖아. 네 성격이 배배 꼬인 건 아니까, 시비를 걸지 말라고는 안 하겠지만……. 하아, 좀 더 상대를 봐 가면서 싸움을 걸어.”

“아, 알았어. 다음에는 좀 더 약해 보이는 녀석한테 걸게……. 괜찮은 여자를 잔뜩 데리고 다니는 최약체 직업의 호구 녀석은 안 나타나려나…….”

그런 당치도 않은 소리를 하는 양아치와는 시선조차 맞추지 않으며…….

우리는 그와 시비가 붙기 전에 모험가 길드에서 빠져나왔다.

3

—다음 날.

“『익스플로전』—!!!”

“또 너냐아아아아아!”

폭렬마법의 폭음에 지지 않을 만큼 커다란 수위 아저씨의 고함 소리가 평원에 울려 퍼졌다.

나는 어제에 이어 오늘도 폭렬마법을 쏘러 왔는데—.

“어이, 너. 어제 내가 이유 없이 마법을 쏘지 말라고 했잖아! 그리고, 요즘 들어 마을 근처에 생긴 커다란 구덩이들! 그거, 전부 네가 만든 거지?! 구덩이를 메우는 데도 일손이 필요하단 말이다!"

"하, 하지만, 오늘은 시키는 대로 몬스터에게 마법을 썼어요. 자이언트 토드를 한 마리 퇴치했다고요! ……그러니까, 부축 좀 해 주면 안 될까요?"

나는 지면에 쓰러진 채 수위 아저씨에게 부탁했다.

수위 아저씨는 한숨을 내쉬더니 나를 안아 일으키면서 말했다.

"야, 개구리 같은 건 나도 손쉽게 쓰러뜨릴 수 있어. 문 근처에 출몰하는 개구리 정도는 나 혼자서도 충분히 상대할 수 있으니까, 아가씨의 그 마법은 이 마을에서 떨어진 곳에 있는 강한 몬스터에게 써주면 안 될까?"

"저는 마법을 쓰고 나면 마력이 다 떨어져서 움직이지 못하거든요. 마을과 떨어진 곳에서 움직이지 못하게 되면 몰려든 몬스터들에게 잡아먹히고 말 거예요."

"……아가씨는 우선 동료부터 구해."

그럴 수 있었으면 이런 짓은 하지 않을 것이다.

수위 아저씨와 헤어진 후, 마력이 다 떨어진 탓에 나른한 몸을 억지로 움직이며 길드로 향하고 있을 때…….

—왠지 귀에 익은 목소리가 들려왔다.

"싫어어어어! 싫다구우우우! 왜? 왜 내가 토목 공사 같은 짓을 해야 하는데?! 나한테 어울리는 일을 하게 해줘!"

"하지만 일당이 바로 지급되는 데다 그나마 짭짤한 아르바이트는 이것뿐이야! 어리광 부리지 마!"

"싫어어어어어! 하다못해 점원! 한 번만 더 점원 아르바이트를 시켜줘! 이번에야말로 잘할게!"

"그 자신감은 대체 어디서 샘솟는 건데?! 제발 부탁이야. 나도 원래 이런 짓 말고 퀘스트 같은 걸 하고 싶어. 하지만 지금 장비로 퀘스트에 도전했다간 십중팔구 죽을 거야. 그러니까 투정 부리지 말고 일단 일이라도 하자. 요즘 평원 쪽의 정리 작업을 할 토목 작업 인부가 부족하대. 그 덕분에 급료가 꽤 괜찮은 것 같아. 걱정하지 마. 너한테는 식은 죽 먹기일 거야!"

그 목소리의 주인은 나와 꽤 인연이 있어 보이는 2인조였다.

그들은 이 마을의 토목 사무소 앞에서 다투고 있었다.

아무래도 다른 아르바이트 자리에서 전부 해고당한 것 같았다.

그래서 일손이 부족한 데다 벌이도 짭짤하다는 말을 듣고 이곳에 온 것이다.

하지만 물빛 머리카락의 여자애는 다른 일이 하고 싶은지 한사코 안에 들어가려 하지 않았다.

으음, 사회에 적응하지 못한 탓에 일거리가 없어 난처해하고 있는 사람은 나뿐만이 아닌 것 같았다.

"바보 같은 소리 하지 마! 내가 누구인지 알아?! 흙과 먼지 범벅이 되는 육체노동 같은 건 나한테 어울리지 않아! 그리고 이제 맛있는 음식이 먹고 싶다구! 매일같이 빵 끄트머리! 왜 내가 매일 그런 걸 먹어야 하는 건데?! 나 같은 고귀한 존재는 먹는 것도 신경 써야 한단 말이야!"

"너 나랑 처음 만났을 때 과자 먹고 있었잖아! 응석 그만 부리고 가자! 빨리 장비를 갖춰서 모험을 시작하자고!"

"싫어어어어어! 토목 작업은 싫어엇! 너, 전직 은둔형 외톨이 주제에 왜 이렇게 긍정적인 거야~?!"

그들도 하루하루를 살아가기 위해 필사적이었다.

질질 끌려가는 여자애를 쳐다본 후, 나도 일거리와 동료를 구하기 위해 모험가 길드로 향했다.

4

길드에 들어온 나를 보자마자 몇몇 모험가가 벌떡 일어섰다.

마치 뭔가를 두려워하듯 말이다.

내가 홍마족이라서 그런 것일까.

아니면 나한테도 모험가로서의 관록이 붙은 걸까?

입가를 실룩거리면서 그런 생각을 하고 있을 때, 자리에서 일어난 모험가들이 게시판을 향하더니 거기에 붙어 있는 멤버 모집 용지를 뗐다.

…….

"저기요."

"아, 아, 예?! 무, 무슨 일이죠?!"

게시판에 붙어 있는 종이를 허둥지둥 뗀 모험가에게 내가 말을 걸자 그녀는 잔뜩 겁을 먹은 목소리로 그렇게 말했다.

"……언니, 방금 뗀 종이를 좀 보여주지 않겠어요?"

"안 돼요."

"내놔."

종이를 등 뒤로 숨기며 격렬하게 저항하는 언니에게서 내가 억지로 종이를 빼앗아 보니, 거기에는…….

『마법사 모집. 현재 4인 파티. 사용할 수 있는 마법은 가리지 않음.』

"호오! 쓸 수 있는 마법을 가리지 않는 건가요! 마침 잘됐군요! 사실 저는 어느 파티에도 속하지 않은 마법사거든요!"

"죄죄죄, 죄송하지만 방금 마법사를 구했어요! 그래서 종이를 뗀 거예요……!"

나는 그렇게 말하면서 이 자리를 벗어나려 하는 언니를 잡으며 말했다.

"변명 그만해요! 폭렬마법사를 차별하는 건가요?! 이 길드의 모험가가 똘똘 뭉쳐서 저를 왕따 시키는 거냔 말이에요!"

"아, 아니에요! 폭렬마법을 차별하는 게 아니라, 실은 저기……. 폭렬마법을 쓰는 홍마족 애는……. 몬스터를 보면 앞뒤 안 가리고 마법을 날리는 정신 나간 애, 라는 소문이……"

"싸움을 거는 거라면 받아주지! 제 마법을 보고도 제가 정신 나갔다는 소리를 할 수 있을지 어디 한번 시험해 보죠! ……어, 뭐하는 거야! 놔! 놓으라구!"

"길드 안에서 마법을 쓰면 곤란해요!"

내가 마력이 없는데도 길드 안에서 마법을 영창하자 길드 직원과 모험가가 나를 꼼짝 못하게 잡더니 안쪽으로 끌고 갔다.

"—메구밍 씨, 안 돼요. 마을 안에서 상급 이상의 마법을 사용하는 건 금지되어 있어요. 다음에 또 마을 안에서 마법을 영창했다간 경찰서 신세를 지게 될 줄 아세요."

슬슬 돈이 다 떨어졌으니 경찰서 신세를 지는 것도 괜찮을지 모른다고 생각한 나는 갈 데까지 가버린 걸까.

직원에게 한 소리 제대로 들은 후, 나는 혼자 열심히 놀고 있을 융융의 곁으로…….

"—시, 싫어요! 제가 아무나 휙휙 따라갈 만큼 가벼운 여자라고 생각하는 건가요?!"

"눈곱만큼도 그렇게 생각하지 않아요! 그저 부탁을 드리는 것뿐이에요! 부탁이에요! 흑심은 전혀 없어요! 그저 어머니를 안심시켜 드리고 싶을 뿐이라고요! 잠시 동안만 애인인 척해 주면 돼요! 병에 걸리신 어머니가 죽기 전에 손자의 얼굴이 보고 싶다고 하세요……! 그게 무리라면 하다못해 며느리가 보고 싶다고……. 제가 이런 부탁을 할 만한 사람이라고는 유일한 친구인 융융 씨뿐이란 말이에요……!"

"유, 유일한 친구……. 하, 하지만, 그래도 애인인 척해달라니요! 저는 아직 열세 살이에요! 성인이 아니라고요!"

고민하는 융융에게 그 남자는 말했다.

"그냥 인사만 하면 되니까 괜찮아요! 딱히 뭘 하는 건 아니니까 괜찮아요! 아무튼, 괜찮다고요!"

"정말요?! 자, 잠깐만요. 왜 그렇게 필사적인 거죠?! 역시 거절……."

"부탁이에요오오오! 제발 부탁이에요! 데이트만 해줘도 돼요! 하다못해 한 시간, 아니 30분만이라도요!"

그 남자는 비통한 목소리로 그렇게 외치면서 융융을 향해 고개를 조아리기 시작했다.

"하, 하지만, 그래선 취지에서 어긋나잖아요……! 병에 걸린 어머니 앞에서 애인인 척하면 되는 거 아니에요? 그런데 왜 데이트를……."

"부탁이에요, 부탁이에요, 부탁이에요, 부탁이에요!"

그 남자는 아예 무릎까지 꿇으면서 애원했다.

"자, 잠깐만요! 잠깐만……."

"부탁이에요, 부탁이에요, 부탁이에요, 부탁이에요! 이렇게 부탁할게요! 잠시 동안만이라도 괜찮으니 부탁할게요!!"

결국 끈기에 밀린 듯한 융융은 겁에 질린 상태에서도 난처한 표정으로 무릎을 꿇고 있는 남자에게 말했다.

"으으…… 그, 그럼, 자, 잠시…… 동안만……."

"정말요?"

"정말일 리가 없잖아요. 사람 좋은 융융에게 대체 뭘 시키려는 거죠?! 경찰을 불러와야겠네요!"

"너, 너는 누구야?! 아, 아앗, 너는 그 정신 나간……! 잠깐만, 경찰은 부르지 마! 순순히 물러나면 될 거 아냐!"

내가 느닷없이 난입하자 그 남자는 허둥지둥 도망쳤다.

그를 쫓아낸 후 나는 융융에게 다가갔다.

"당신 지금 뭘 하고 있는 거죠?! 아무리 그래도 너무 쉽게 남자한테 휘둘리네요! 저딴 남자한테 낚이면 어떻게 해요!"

"그, 그렇지만! 병에 걸린 어머니가 애인을……!"

"당연히 거짓말이죠! 설마 제가 없는 사이에 누군가에게 이상한 부탁을 받은 건 아니겠죠?! 자, 사실대로 말해 보세요!"

"이, 이상한 부탁 같은 거 받은 적 없어! 여기서 대낮부터 항상 술을 마시는 아저씨에게 『이제부터 이 아저씨를 아버지라고 불러주지 않을래?』 같은 부탁을 받았을 뿐……."

“그것도 충분히 이상한 부탁이라고요! 물론 거절했겠죠?! 앞으로 그 아저씨가 말을 걸어오면 아는 척도 하지 마세요! 딸이 머나먼 마을에서 모르는 아저씨를 아버지라고 부른다는 걸 알면, 당신의 친아버지인 족장님이 우실 거예요!”

정말 빈틈이 많은 여자애다.

이 마을에 오고 일주일밖에 지나지 않았는데 이렇게 위험한 상황에 처할 줄이야…….

융융은 그런 내 앞에 종이 한 장을 꺼내 쳐다보았다.

“하지만 어쩔 수 없잖아. 매일같이 이 술집에서 혼자 있으니까 말이야. 이제는 아쿠시즈 교도의 종교 권유도 들어준다구…….”

“이딴 걸 받으면 어떻게 해요! 빨리 버리세요!”

나는 융융이 들고 있던 아쿠시즈 교단 입교서를 구겨서 버렸다.

아무래도 안 되겠다.

융융의 낯가림을 고칠 좋은 기회라고 생각해서 내버려 뒀는데, 어느새 위험하기 그지없는 영역에 반 발짝 정도 들어서 있었다.

하지만 나도 모험 동료를 구하느라 정신이…….

—좋은 생각이 났다.

"융융. 저기 말이죠. 파티 멤버를 구할 때까지만 저와 임시로 파티를 짜지 않겠어요?"

"뭐어어어어어어?!"

융융은 내 제안을 듣더니 소스라치게 놀랐다.

내가 그렇게 이상한 제안을 한 것일까.

"하하, 하지만……! 나, 얼마 전에 결심을 했는데……! 그 선언을 한 지 일주일밖에 지나지 않았으니까…… 저기……."

응? 융융은 대체 무슨 소리를 하는 것일까.

"왜 그러죠? 그저 파티를 짜자고 말했을 뿐인데 왜 그렇게 고민하는 건가요?"

융융은 내 말을 듣더니 표정을 딱딱하게 굳혔다.

"……저, 저기, 메구밍. 일전에 내가 했던 말, 기억해? 그, 그러니까……. 내가 상급 마법을 익히면, 그때야말로 결판을 내자고 했었잖아."

"아하, 아네스를 쓰러뜨린 후에 마차 안에서 했던 말이 그거군요. 그게 뭐 어쨌는데요?"

내가 그렇게 말하자 융융의 눈가에 점점 눈물이 맺혔다.

"그게 뭐 어쨌는데요, 라니……. 잠깐 있어 봐아아아아! 그렇게 소중한 약속을 제대로 듣지도 않았던 거야?! 메구밍은 항상 이렇다니까! 뭐가 홍마족 제일의 천재야! 중요한 건 하나도 기억 못하는 바보 천치잖아!"

"뭐라고요?!"

"가게 안에서 싸우지 마세요!"

나와 융융은 길드 직원에게 또 설교를 들은 후, 그대로 길드에서 쫓겨났다.

5

"정말! 메구밍은 왜 항상 이 모양이야?! 기억력이 없는 거야?! 폭렬마법을 쏘면 그 충격으로 기억이 날아가는 거야?!"

"아직도 그 소리예요?! 지금은 밖이니까 이제 얼마든지 날뛸 수 있다고요!"

"뭐, 뭐야. 한판 붙자는 거야?! 마력이 바닥나서 후들거리는 상태로 나한테 이길 수 있을 것 같아?!"

우리는 여관으로 돌아가면서도 여전히 말다툼을 했다.

"정말……! 내 일생일대의 선언을 기억하지 못하다니……! 정말 믿기지가 않아! 믿기지가 않는다구!"

융융은 양손으로 얼굴을 감싸더니 세차게 고개를 저었다.

"알았어요. 기억 못해서 정말 미안해요. 그런데 그 약속이라는 게 대체 뭐죠? 한 번 더 말해 보세요."

"뭐어?!"

내가 별것 아니라는 투로 그렇게 말하자 융융은 얼굴을 새빨갛게 붉혔다.

"왜 그렇게 당황하는 거죠? 대체 그 중요한 약속이 뭔가요? 자, 이번에는 똑똑히 기억해 둘 테니까 빨리 말해 보세요."

나는 길가의 잔디 위에 무릎을 모으고 단정하게 앉은 후, 융융의 말에 진지하게 귀를 기울였다.

그 모습을 본 융융은 더욱 당황했다.

"아아, 아니, 저기, 저기 말이야? 괜찮아. 응, 괜찮다구. 괜찮단 말이야! 그러니까 다음에 말해줄게."

"사람을 잔뜩 바보 취급해 놓고 이러는 게 어디 있어요. 대체 뭘 그렇게 부끄러워하는 건지는 모르겠지만 빨리 말해 보세요. 이번에야말로 똑똑히 기억해 줄게요."

내가 진지한 표정을 지으며 그렇게 말하자 융융은 울음을 터뜨릴 것 같은 표정을 지었다.

하지만 그녀는 각오를 다지듯 입을 꾹 다물더니—.

"그게, 저기……. 내, 내가, 상급 마법을 익혀서, 메구밍의 걸림돌이 되지 않게 된다면! 그때 나와—."

"거기 두 분! 잠시 실례해도 되겠습니까!"

턱시도를 입은 집사 같은 느낌의 할아버지가 융융의 말을 끊으면서 우리에게 말을 걸었다.

"실례하지 마세요. 지금 중요한 상황이니까, 냉큼 제 눈앞에서 사라지세요."

"너, 너무 그러지 마시죠! 저는 지금 사람을 찾고 있습니다!"

그 할아버지가 그렇게 말하자 나와 융융은 서로의 얼굴을 쳐다보았다.

"사실, 제가 모시는 가문의 아가씨께서 맞선을 보기 싫다며 가출을 하셨습니다……. 지나가던 분들에게 이런 부탁을 드리는 것도 염치없는 짓입니다만, 부디 아가씨를 찾는 걸 도와주셨으면 합니다! 이 나라에서 아름다운 금발 벽안은 순혈 귀족이라는 증거죠. 아가씨께서는 아름다운 금발을 머리 뒤로 모아 묶으셨습니다. 혹시 그런 분을 보신다면 더스티네스 가문에 알려 주십시오. 그래 주시면 섭섭지 않게 사례하겠습니다……!"

할아버지는 그렇게 말하면서 고개를 푹 숙였다.

더스티네스 가문은 상식이 부족한 나도 아는 대귀족이다.

그런 가문의 아가씨가 가출을 하다니 그건 큰일 아닐까.

아가씨라면 분명 가련하고 청초한 사람이리라.

화사하고 가녀리며 자상한 여자애를 상상한 나는 그 귀족 영애를 보고 싶다는 생각이 드는 것과 동시에, 대귀족이 주겠다는 사례에도 관심이 갔다.

"맡겨만 주세요. 그 아가씨로 보이는 사람을 발견하면 저희가 보호할게요."

"고맙습니다! 잘 부탁드립니다!"

그 할아버지는 그렇게 말한 후, 다른 통행인을 향해 뛰어갔다.

"융융, 가죠! 주머니 사정이 좋지 않은 저희에게 있어, 방황하고 있는 귀족 아가씨를 보호하는 건 최우선 과제예요!"

"저, 저기! 나는 딱히 주머니 사정이 나쁘지는 않거든?!"

나는 융융과 함께 내달리기 시작했다—!

"—피곤해……. 결국 그 아가씨는 못 찾았네……."

"큭……! 더스티네스 가문의 금일봉을 기대하며 이렇게 마을 안을 뛰어다녔는데! 그 아가씨는 대체 어디에 숨어 있는 걸까요……."

마을 곳곳을 뛰어다녔지만 아무런 단서도 찾지 못한 채 여관으로 돌아온 우리는 가출 중인 귀족 아가씨의 안부를 걱정했다.

그것도 그럴 것이, 상대는 귀족 가문의 아가씨다.

집을 뛰쳐나오기는 했지만 뭘 어떻게 하면 좋을지 몰라 어딘가에 숨어 있는 걸지도 모른다.

아니면 나쁜 남자가 강제로 그녀를 끌고 간 것은 아닐까.

금발 벽안은 흔하지 않으니 금방 찾을 수 있을 거라고 생각했는데…….

이 마을에서 본 금발인 사람이라면, 투박한 갑옷 차림에 「숲에 악마가 나타났다고 한다! 여신 에리스의 이름으로 그 악마를 죽여버리고 말겠어!」 같은 흉흉한 소리를 하며 은발 도적과 함께 마을을 뛰쳐나간 언니뿐이다.

결국 가련한 귀족 아가씨는 아무리 찾아봐도 보이지 않았다.

"……어쩔 수 없군요. 역시 이런 행운에 매달릴 게 아니라! 내일부터는 둘이서 퀘스트를 하러 가요!"

"결국 우리 둘이서 파티를 짜는 거야?! 저기, 내가 그렇게 의미심장하게 상급 마법을 익힌 후에…… 하고 말했는데! 저기, 저번에 내가 했던 그 말, 꽤 용기를 내서 말한 거란 말이야! 진짜로 기억 안 나?!"

6

다음 날 아침.

이른 아침이라 모험가가 거의 없는 길드에 찾아온 우리는 게시판에 붙어 있는 퀘스트를 샅샅이 체크했다.

나와 융융, 둘이서는 몬스터와 조우했을 때 춈스케를 완벽하게 지키지 못할 것 같았다. 그래서 춈스케는 여관에 두고 왔다.

"저기, 메구밍. 우선 무난하게 이런 걸 하는 건 어떨까?"

융융이 그렇게 말하면서 손가락으로 가리킨 것은, 이 마을에서 기본 중의 기본 의뢰인 자이언트 토드 토벌 퀘스트였다.

번식력이 강하고 거대한 이 개구리는 이 마을의 식탁 위를 책임지는 몬스터로 알려져 있다.

일단 그것은 보류해 두기로 했다.

그리고 게시판을 훑어보니—.

『마을 외곽의 저택 내부에 있는 무덤 청소.』

『평원의 구덩이를 메우기 위한 토목 작업 인부 모집.』

『공동묘지에 있는 좀비 메이커 토벌.』

『가출한 귀족 아가씨 수색.』

『호수의 수질 조사. 토목 공사가 늘어남에 따라, 폐기된 흙과 모래가 흘러들어 갔다는 보고가 있음.』 등등…….

으음, 어떻게 할까.

우리는 마법사 두 명으로 구성된 파티다.

그러니 뛰어난 화력을 살릴 수 있는 토벌 계열 퀘스트를 맡는 편이 좋을 것이다.

"그럼 요즘 짭짤하다는 숲에 가볼까요?"

"뭐어?! 숲에는 현상금까지 걸린 악마형 몬스터가 있으니 조심하라는 경고를 잊은 거야?! 우리는 둘밖에 안 되니까 약한 몬스터만 있는 평원에 가자!"

내 목적은 그 악마형 몬스터의 현상금인데 말이다.

하지만 융융에게 그 사실을 알려주면 또 길드에서 혼자 노는 것에 열중할지도 모른다.

어쩔 수 없다. 우선 평원에서 졸개들을 상대하면서 자신감을 쌓자—!

“—어이쿠, 아가씨가 오늘은 동료를 데리고 왔네. 다행이야. 동료가 있으면 안심해도 되겠지. 마을에서 떨어진 곳에서라면 마음껏 그 마법을 쓰라고.”

마을 입구를 지날 때 수위 아저씨가 나에게 말을 걸었다.

아무래도 저 수위 아저씨는 내 얼굴을 외운 것 같았다.

입구를 지나고 한동안 나아갔을 즈음, 융융이 눈을 반짝이면서 말했다.

“저, 저기, 메구밍. 어느새 수위 아저씨가 네 얼굴을 외울 정도로 활약을 했나 보네? 그냥 쓸데없이 어슬렁거리기만 한 줄 알았는데 말이야.”

“저, 저를 뭐로 보고 그런 소리를 하는 거예요?! 커뮤니케이션에 문제 있는 융융과 똑같이 취급하지 마세요. 융융이 쓸쓸히 혼자 놀고 있는 사이, 저는 이 마을에 꽤 얼굴이 알려졌다고요. 모험가 길드에도 제 얼굴을 아는 사람이 꽤 있단 말이에요.”

“저, 정말?! 어, 어느새 그렇게 된 거야?!”

나는 깜짝 놀라는 융융을 곁눈질하면서 사냥감을 찾아 평원을 걸어 다녔다.

……거짓말은 한마디도 하지 않았다.

"—『파이어볼』!!"

융융의 마법이 평원을 어슬렁거리고 거리고 있는 개구리에게 작렬했다.

폭렬마법의 발끝에도 미치지 못하지만 그래도 상당한 폭음을 내면서 주위에 있는 개구리들이 시꺼멓게 변했다.

개구리가 타들어 가는 향긋한 냄새를 맡자 배가 살짝 고파졌다.

"……융융, 소금 있나요?"

"이 자리에서 먹을 생각이야?! 안 돼. 이 개구리는 길드에 팔 거란 말이야. 개구리 운반 비용을 포함해서 매입 가격은 한 마리당 5000에리스야. 다섯 마리를 해치우면 토벌 보수가 추가된다니까 금액이 꽤 될 거야."

나는 융융의 말을 듣고 타들어 가는 개구리를 쳐다보았다.

주위에는 개구리 세 마리가 쓰러져 있었다.

이 녀석들의 매입 가격은 1만 5천 에리스다.

이제 두 마리만 더 사냥하면 추가로 10만 에리스를 받을 수 있다.

길드에서 개구리 사냥이 꽤 짭짤하다는 이야기를 들었는데 확실히 돈이 됐다.

돈이 되기는 하지만—.

"슬슬 자신감이 붙은 것 같네요. 길드에 해치운 개구리를 회수해달라고 의뢰한 후, 숲으로 향할까요?"

"너무 이르지 않아?! 아직 한 번밖에 안 싸웠잖아!"

나는 화들짝 놀란 융융을 어르듯 말했다.

"이번 전투를 통해 안 건데, 역시 홍마족이 사용하는 마법은 상당히 강력한 것 같아요. 그러니 여기서 졸개 몬스터나 상대하지 말고, 좀 더 강한 녀석들을 노리죠. 졸개만 상대해선 좀처럼 레벨이 오르지 않잖아요."

"틀린 말은 아니지만, 메구밍은 아무것도 안 했잖아! 저기, 제대로 싸울 수 있는 건 나뿐이거든? 우리가 숲에 들어가면 틀림없이 소문의 그 악마와 마주칠 것 같은데……."

"바라는 바예요. 한번 생각해 보세요. 저는 아네스도 해치웠잖아요? 아네스는 상위 악마였어요. 그런 아네스에 비하면, 숲 안을 어슬렁거리고 있다는 떠돌이 악마 따위는 별것 아닐 거예요. 융융이 졸개들을 맡아주고, 그 악마가 나타나면 제가 해치울게요. 어때요?"

내가 자신만만한 목소리로 그렇게 말하자 융융은 미심쩍다는 표정을 지었다.

"……진짜로 괜찮을까. 메구밍이 자신만만했을 때 일이 제대로 풀린 적이 없는데……."

"마, 말도 안 되는 소리 하지 마세요! 그리고 그 악마를 퇴치하면 다른 모험가들도 고마워할 거예요. 그리고 자신들의 파티에 들어와 달라고 할지도 모른다고요."

"…………가자."

우리는 숲으로 향했다.

7

나는 나무가 울창한 숲 속을 융융을 앞장세우며 쭉쭉 나아갔다.

어찌 된 영문인지 아직 몬스터와 조우하지 않았다.

"일전에 내가 숲에 왔을 때는 슬라임과 모몬가 같은 게 잔뜩 튀어나왔는데, 오늘은 아무것도 안 나오네요."

"모몬가? 이 숲에 모몬가가 있어? 날다람쥐와 모몬가는 꽤 귀엽게 생겼잖아."

그 몬스터가 얼마나 무시무시한지 모르는 융융이 그런 느긋한 소리를 했다.

융융도 모몬가의 오줌을 한번 뒤집어썼으면 좋겠다는 생각이 들었다.

"아, 말을 꺼내자마자 나타났네요!"

전방에 있는 수풀에서 소리가 나자 나는 융융에게 경고를 했다.

그러자 융융도 경계심을 품으면서 허리에 찬 단검과 지팡이를 뽑아 들었다.

우리 앞에 나타난 것은—!

"귀, 귀여워……!!"

융융은 눈을 반짝이면서 중얼거렸다.

우리 앞에 나타난 것은 몸집이 강아지만 하고 동글동글한 눈동자를 지녔으며 폭신폭신해 보이는 모피를 지닌 토끼였다.

하지만 그 토끼의 이마에는 뿔이 달려 있었다.

겉모습은 귀엽지만 몬스터가 틀림없다.

"융융, 이건 길드 직원이 특히 조심하라고 주의를 줬던 몬스터, 일격토끼(러블리 래빗)예요. 귀엽다고 방심하면 안 돼요. 신중하게 퇴치하세요."

"뭐어?! 사, 사냥해야 해?! 이, 이 애를?!"

융융은 내 말을 듣더니 울상을 지었다.

그런 눈으로 쳐다보더라도 소용없다. 상대는 엄연한 몬스터니까 말이다.

우리가 모험가인 이상 퇴치해야만 한다!

"뀨우~."

눈앞에 있는 토끼가 울음소리를 냈다.

그 뒤를 이어 고개를 살짝 갸웃거렸다.

이, 이렇게 귀엽더라도 저 녀석은 몬스터다.

방심하면 안 된다……!

일격토끼는 아장아장이라는 표현이 어울리는 불안한 걸음걸이로 융융의 발치에 다가왔다.

"귀, 귀여워……! 메구밍, 어쩌지?! 너무 귀여워! 이 애, 너무 귀엽단 말이야! 이 애가 몬스터라니, 뭔가 잘못된 거야!

이렇게 귀엽잖아!"

"정신 차리세요. 이 애는 길드 직원이 조심하라고 했을 만큼 위험한 몬스터예요. 그리고 일격토끼라는 무시무시한 이름도 신경 쓰여요. 그러니까 방심하지……."

일격토끼는 말을 이으려던 나를 붉은 눈동자로 지그시 쳐다보더니…….

"뀨우~?"

안 놀아줄 거야? 하고 말하는 듯한 태도를 취하며 고개를 갸웃거렸다.

……쓰다듬어주고 싶다.

꼭 끌어안은 후, 마음껏 쓰다듬어주고 싶다!

"자, 채소 스틱 줄게~. 이리 온, 이리 온~."

이미 함락된 융융이 점심으로 먹으려고 챙겨 온 채소 스틱을 꺼내 지면에 내려놓았다.

"약았어요. 저한테도 먹이를……."

주세요, 하고 말하려던 순간이었다.

눈앞에 있는 토끼가 채소 스틱에는 눈길도 주지 않으면서 아장아장 융융에게 다가오는 가운데…….

토끼가 나타났던 수풀에서 부스럭 하는 소리가 들렸다.

""…………어?""

우리가 서로를 바라본 후, 그 수풀 너머를 쳐다보니…….

거기에는 새하얀 토끼 무리가 뭔가에 들러붙어 있었다.

토끼들은 저기서 뭘 하고 있는 것일까?

……나는 유심히 쳐다본 후, 그게 뭔지 눈치챘다.

지면에 쓰러져 있는 것은 예리한 뿔에 찔려 죽은 듯한 커다란 회색 늑대였다.

그리고 토끼들은 온몸에 구멍이 숭숭 뚫린 채 죽어 있는 그 늑대에게 들러붙어 있었다.

그것은 즉—.

"""육식?!"""

우리가 한 목소리로 그렇게 외친 순간, 토끼들은 일제히 우리를 향해 고개를 돌렸다.

바로 그때, 지금까지 아장아장 우리에게 다가오던 토끼의 눈이 빛난 것 같아서 나는 반사적으로 몸을 숙였다.

다음 순간, 새하얀 무언가가 내 머리 위를 스치고 지나갔다.

동시에 푸욱 하고 뭔가가 나무에 꽂히는 소리가 들렸다.

머뭇거리며 고개를 돌려보니, 내 모자를 꼬챙이로 꿰듯 관통한 뿔이 나무에 박혀서 버둥거리고 있는 토끼가 보였다.

나는 뿔이 나무에 꽂힌 상태에서 버둥거리고 있는 토끼에게 다가가 그대로 목을 졸랐다.

축 늘어진 토끼를 나무에서 뽑은 후, 모자를 회수한 나는 융융에게 말했다.

"융융, 이 녀석들은 악랄하기 그지없는 몬스터예요! 사랑스러운 외모를 이용해 무해한 척하다 기습을 했다고요!!"

"귀여운 얼굴로 뀨우~ 하고 울어 대기까지 했잖아! 뭐 이렇게 악랄한 몬스터가 다 있어?!"

토끼 무리가 우리를 향해 달려들었다!

8

토끼 무리에게서 겨우 벗어난 후, 나무 그루터기를 발견한 우리는 거기에 걸터앉아 휴식을 취했다.

"아아, 모자에 구멍이 났어요……. 여관에 돌아가면 바늘과 실을 빌려야겠어요……."

내가 모자를 꼭 끌어안은 채 한탄하고 있을 때—.

"하아…… 하아……. 무, 무서웠어……. 그렇게 귀엽게 생긴 생물이 무리 지어서 살생을 저지르다니……. 심약한 사람이 봤다면 트라우마가 됐을 거야……."

마법을 연속해서 사용한 탓에 마력을 극심하게 소모한 융융이 거친 숨을 내쉬면서 새파랗게 질린 얼굴로 그렇게 말했다.

확실히 무시무시한 상대였다.

처음에 아장아장 다가왔던 것은 연기였으리라.

그 후, 우리를 쫓아올 때는 정말 무서울 정도로 빨랐다……!

"토끼 숫자가 너무 많아서 도망치다 모처럼 쓰러뜨린 토끼도 두고 왔네요. 이래서는 토끼 고기의 매입 보수를 못 받을 거예요."

"그럼 메구밍은 살인 토끼가 우글거리는 곳에 돌아갈 거야? 나는 싫어. 그렇게 귀여운 얼굴로 늑대를 뜯어먹고 있었단 말이야. 처음 그 모습을 봤을 때는 울음을 터뜨릴 뻔했다구."

동감이다.

나도 돌아가고 싶지는 않았다.

"저기, 메구밍. 오늘은 이만 돌아가자. 나, 아까 전투 때 마력을 꽤 사용했단 말이야. 아니면 평원에 가서 사냥이나 계속하자. 응?"

융융이 그렇게 말하자 나는 마지못해 고개를 끄덕였다.

잠시 동안 휴식을 취한 후, 우리는 아까 토끼와 마주쳤던 지점을 우회하면서 마을로 향했다.

"그러고 보니 아까 토끼를 잔뜩 퇴치해서 레벨이 1 올랐어. 이대로 가면 상급 마법도 머지않아 익힐 수 있을 거야."

융융은 기뻐하면서 그렇게 말했다.

"……역시 내일부터는 약한 적만 있는 평원에서 사냥을 하죠."

"이, 이유가 뭐야? 저기, 나한테 추월당하는 게 싫어? 그렇지? 그런 거지?!"

융융이 내 어깨를 잡고 흔들어 댈 때, 나는 깨달았다.

"……응? 이상한 소리가 들리네요. 뭔가가 이쪽으로 오고 있는 것 같지 않나요?"

그것은 희미한 땅울림 같았다.

"……뭐? 아, 진짜네. 뭐지? 몬스터? 마침 잘됐어. 확 해치워서 레벨을 더 올릴래."

융융도 멀찍이 들려오는 그 소리를 들은 것 같았다.

"약았어요. 이번 몬스터는 제가 상대할 테니까 융융은 물러나 있어요."

"무슨 소리야. 메구밍은 악마형 몬스터가 나타났을 때에 대비한 비장의 카드잖아? 아무리 나한테 추월당하는 게 싫어도……. ……저기, 좀 이상하지 않아?"

융융은 그렇게 말하면서 불안하다는 표정을 지었다.

확실히 이상했다.

왜냐하면 땅울림의 규모가…….

"왠지 불길한 예감이 들어요. 일단 전투를 피하면서 물러나는 게 어떨까요?"

"그, 그래. 오늘은 실컷 싸웠으니까 충분해. 집에 돌아가서 개구리 판 돈으로 밥이나 먹자."

융융이 그렇게 말하는 사이에도 그 소리는 점점 가까워졌다.

이것은 몬스터 집단이 다가올 때의 땅울림과 비슷했다……!

"도, 도망치죠, 융융! 여기 머무는 건 위험해요! 빨리 피해야 한다고요!"

"기, 기다려, 메구밍! 두고 가지 마……, 아앗!"

점점 커지던 소리가 어느새 멎었다.

주위에 정적이 감도는 가운데, 등 뒤의 수풀에서 소리가 났다.

그리고 불쑥 모습을 드러낸 것은…….

아까 싸웠던 일격토끼였다.

우리를 쫓아온 걸까. 아니면 무언가에게 쫓기고 있는 걸까.

눈앞에 있는 토끼는 눈곱만큼도 사랑스럽지 않았다.

""""뀨우~!""""

등 뒤에서 차례차례 튀어나온 토끼들이 붉은 눈을 반짝이며 일제히 울음소리를 냈다.

"메구밍, 메구밍! 숫자가 너무 많아, 『라이트닝』~!! 어어, 어떡하지?!"

앞장서서 달려드는 토끼를 향해 마법을 날린 융융은 그렇게 말하고 마법을 영창했다.

"저기, 이런 숲 속에서 폭렬마법을 쓰면 혼나지 않을까?! 나는 화재가 일어날까 싶어서 파이어볼도 안 쓰고 있단 말이야! 『블레이드 오브 윈드』~!"

살금살금 물러나면서 마법을 영창하는 융융에게 일격토끼 한 마리가 달려들었다.

융융이 반사적으로 뽑아 든 단검이 토끼의 뿔과 맞부딪치자 사방으로 불똥이 튀었다.

"지금 안 쓰면 저희가 토끼에게 먹히고 말 거예요! 융융, 엎드려요!"

"뭐?! 잠깐……! 기다……!!"

"『익스플로전』—!!!!!!"

나는 꽤 가까운 곳까지 몰려온 토끼들을 향해, 다소 여파에 휘말리는 것을 각오하면서 폭렬마법을 날렸다.

지팡이 끝에서 뿜어져 나온 섬광이 토끼 무리의 중심에 꽂혔다.

다음 순간, 맹렬한 폭염과 함께 주위에 있는 나무들이 부러지면서 사방으로 흩날렸다.

나와 융융은 그 격렬한 폭풍에 속절없이 휘말리며—.

9

"—이. ……이, 인간. ……어이, 인간. 살아 있느냐?"

먼 곳에서 목소리가 들려왔다.

아무래도 한동안 의식을 잃고 있었나 보다.

나는 땅바닥에 드러누워 있었다.

나뭇가지 같은 게 내 볼을 찌르고 있는 걸 보면 여기는 아직 숲 속인 것 같았다.

희미하게 눈을 떠보니 눈앞에 누워있는 융융이 있었다.

나는 머릿속이 멍한 상태에서 눈앞에 있는 융융의 볼을 찰싹찰싹 소리가 나게 때렸다.

나한테 뺨을 맞은 융융이 아픈지 인상을 썼다. 아직 살아있는 것 같았기에 안도했다.

정신을 잃고 얼마나 지난 것일까.

폭렬마법을 날렸는데도 몸을 어찌어찌 일으킬 정도로 마력이 회복된 것을 보면 상당한 시간이 지난 것 같았다.

"정신이 들었냐? 너, 눈동자를 보아하니 홍마족 같은데, 맞지?"

머리 위쪽에서 목소리가 들려왔다.

혹시 이 목소리의 주인이 우리가 정신을 잃은 동안 지켜준 것일까.

"……으으, 아야야. ……어? 여기는 어디지? 몸 곳곳이 아픈데……."

융융은 얼굴을 찌푸리면서 눈을 뜨더니 그대로 몸을 일으키려 했다.

나도 몸을 일으키면서—.

아까부터 들려온 목소리의 주인을 쳐다보았다.

"예. 저는 홍마족인 메구밍이라고 해—."

그리고 그 상대를 쳐다본 순간, 그대로 딱딱하게 굳어버렸다.

옆에 있던 융융도 나와 마찬가지로 몸을 일으키더니—.

"……응? 메구밍, 왜 갑자기 이상한 표정을 짓고 그래? ……어, 아앗! 생각났다! 메구밍, 너 대체 무슨 생각으로 그렇게 가까운 거리에서 마법을……. 저기, 왜 그러는…… 거야……?"

발끈한 융융은 딱딱하게 굳은 나를 보더니 아까부터 들려오는 목소리의 주인을 향해—.

"어이, 뭐 좀 물어도 될까? 이 몸은 호스트라고 하는데……. 실은 이 근처에서 시꺼멓고 거대한 마수를 찾고 있어. ……어, 어라? 너, 왠지 낯이 익네. 아니, 누군가랑 닮은 것 같은데……."

그자는 바로 악마였다.

금속 같은 광택을 지닌 칠흑빛 피부.

박쥐를 연상케 하는 거대한 날개.

오거조차도 가볍게 해치울 듯한 거구를 지녔으며, 뿔과

송곳니가 이 악마의 흉흉함을 돋보이게 했다.

상위 악마.

최종 던전에서 살고 있을 법한 이 악마는 우리와 시선이 마주치자—.

"……내 이름은 호스트. 커다란 고블린이 아닌 상위 악마이자, 이윽고 어떤 꼬맹이에게 사역당할 예정인 자. ……이 몸의 인사는 어때? 너희는 홍마족이지? 그러니까 이런 식의 인사가—."

""아아아아아아아아아아아아아아아!""

우리는 이빨을 훤히 드러내며 웃는 그 악마를 보자마자 비명을 지르면서 줄행랑을 쳤다.

10

대체 얼마나 달린 걸까.

어느새 숲을 빠져나온 우리는 그 악마가 쫓아오지 않는다는 사실을 확인한 후, 그 자리에 무너지듯 주저앉았다.

너무 무서워서 눈가가 부은 융융이 말했다.

"하아…… 하아……? 저, 저저저…… 저게 뭐야?! 악마야, 악마! 그것도 완벽한 상위 악마! 엄청 세고 무시무시해 보이는 녀석이었다구!"

"하아…… 하아……. 솔직히 이런 곳에서 출몰한 악마라

길래 얕봤어요. 그런 거물이 나타날 줄은……."

솔직히 말해 혼자서 그 악마와 마주쳤다면 옷에 실례를 했을지도 모른다.

일전에 싸웠던 아네스도 상위 악마였지만 아까 그 악마는 겉모습부터 무시무시하게 생겼다.

지금 생각하면 그런 악마에게서 용케도 도망쳤다.

어느 정도 마음이 진정된 융융이 입을 열었다.

"저기, 메구밍. 그 악마가 이상한 소리를 하지 않았어? 홍마족이 어쩌고, 거대한 마수를 찾고 있다느니 같은 소리를 했던 것 같은데……."

"잘 기억 안 나요. 그런 걸 신경 쓸 때가 아니었잖아요. 누구를 닮았다는 말도 들었던 것 같기는 한데……. 뭐, 아무튼 그런 괴물과 마주치고 목숨을 건진 것만 해도 천만다행이에요. 당분간은 숲 근처에도 안 갈 거예요."

내가 땅이 꺼져라 한숨을 내쉬자 융융이 새파랗게 질린 얼굴로 고개를 끄덕였다.

"오늘은 이제 지쳤어……. 저기, 돌아가서 쉬자. 응?"

"그렇게 할까요……. 아, 그 전에 길드에 들러서 개구리를 판매한 보수를 받죠. 그리고 겸사겸사 그 악마에 대해서도 보고해요."

우리는 한동안 평원과 숲 경계에서 쉬고 마을로 향했다.

—오늘은 이른 아침부터 돌아다녔는데, 평원과 숲에서 사냥을 하는 사이 많은 시간이 지난 것 같았다.

주위가 저녁노을에 물든 가운데 우리는 모험가 길드의 문을 열었다.

"진짜라고! 마을 근처의 언덕 위에 방치되어 있던 낡은 성을 그 녀석이 뚫어져라 쳐다봤다니깐! 그리고 목이 없는 말이 끄는 전차를 타고 어딘가에……!"

늦은 시간대라 그런지 길드 안은 술을 마시는 모험가들로 시끌벅적했다.

우리는 고함 소리가 곳곳에서 들려오는 길드 안을 지나 접수 카운터를 향해 걸어갔다.

"저기, 보수를 받으러 왔는데요……."

"아, 메구밍 씨와 융융 씨군요. 개구리 회수는 끝났어요. 세 마리니까 1만 5천 에리스네요. 잠시 기다려 주세요."

우리는 보수를 준비하는 접수 카운터의 언니에게 말했다.

"저기……. 혹시 일격토끼 토벌 의뢰는 없나요? 숲에 들어갔다가 상당한 숫자의 일격토끼를 쓰러뜨렸거든요."

나는 그렇게 말하면서 쓰러뜨린 몬스터가 기록된 모험가 카드를 내밀었다.

"으음, 일격토끼는 원래 숲 깊숙한 곳에 사는 몬스터라서,

평소에는 피해가 없기 때문에 토벌 의뢰가 없어요……. 하지만 요즘은 마을 근처에서도 목격되고 있으니까, 곧 토벌 의뢰 대상이 될지도 몰라요."

으음, 아쉽게 됐다.

……그러고 보니 보고할 것이 하나 더 있다.

"사실 저희는 숲에서 소문의 그 악마와 마주쳤어요. 그건 상위 악마였어요. 자기가 상위 악마라고 밝힐 수 있을 정도의 지능이 있는 데다, 몸집도 크고 위압감도 엄청났어요. 거물 악마가 틀림없어요."

내 말을 들은 길드 직원 언니의 표정이 딱딱하게 굳었다.

"그리고 시커멓고 거대한 마수를 찾는다고 했어요. 말도 통하고, 느닷없이 달려들지도 않았으니까 어쩌면 우호적인 악마일지도 몰라요……."

융융이 이어서 그렇게 말하자 길드 직원 언니는 고개를 갸웃거렸다.

"시커멓고 거대한 마수, 라고요? ……짐작 가는 몬스터가 하나 있기는 해요. 초보자 킬러라고 불리는 위험한 몬스터가 있는데, 몸집이 크고 시꺼먼 색의 털을 지녔죠. 그런데 왜 그 악마가 초보자 킬러를 찾고 있는 거죠? 애완동물로 삼으려는 걸까요……?"

언니는 잠시 동안 고민한 후 입을 열었다.

"아, 정보 감사해요. 아무튼, 상위 악마에 초보자 킬러라.

매우 위험한 상황이군요. 조사가 끝날 때까지 숲 출입을 완전히 금지해야 할지도 몰라요. 두 분도 가능한 한 숲에 출입하지 마세요."

언니는 그렇게 말하고 개구리 사냥 보수를 건네줬다.

11

"아무래도 일이 꽤 커진 것 같네."

나와 함께 여관으로 돌아가던 융융이 느닷없이 그렇게 말했다.

"조우한 타이밍이 좋지 않았어요. 제 마력이 바닥난 후에 만났잖아요. 아니었으면 만나자마자 한 방 먹여줬을 텐데……."

"하지 마! 그런 상대한테 이기는 건 무리야! 그 악마라면 폭렬마법도 견뎌 낼 것 같단 말이야!"

"……호오, 방금 그 말을 저에 대한 도전으로 받아들여도 될까요? 좋아요. 내일 다시 숲에……."

"싫어! 절대 안 들어갈 거야! 갈 거면 혼자 가!"

그런 대화를 나누며 걷던 우리는 토목 사무소 앞을 지났다.

"이, 인부 감독님, 수고 많으셨습니다……."

"감독님, 수고하셨어요~!"

사무소 문을 통해 전부터 묘하게 신경 쓰이던 2인조가 나왔다.

아무래도 이 두 사람은 방금 일을 끝낸 것 같았다.

남자 쪽은 지칠 대로 지쳐 있었고, 어제 그렇게 토목 공사를 하기 싫어했던 물빛 머리카락의 여자애는 엄청 충실한 하루를 보낸 것처럼 환한 표정을 지으며 인사했다.

남자 쪽이 비틀거리면서 말했다.

"야, 내일부터 다른 일을 찾아보지 않을래……? 네 말이 맞았어. 토목 작업은 도저히 못해 먹겠다고……."

남자가 약한 소리를 늘어놓자—.

"하아, 무슨 소리를 하는 거야? 이래서 은둔형 니트는 문제라니깐. 겨우 하루 하고 때려치우겠다는 소리를 하면 어떻게 해. 자, 방금 받은 급료로 목욕탕 가서 깨끗이 씻고, 맛있는 저녁을 먹자! 그리고 내일부터 또 열심히 일하는 거야!"

여자애는 눈을 반짝이면서 주먹을 말아 쥐었다.

아무래도 일하는 기쁨을 만끽한 것 같았다.

"왜 갑자기 멈췄어? 아, 혹시 아는 사람들이야?"

"……아뇨, 모르는 사람들이에요. 별일도 아니니 가던 길이나 계속 가죠."

나는 그렇게 말하고 융융과 함께 여관으로 향했다.

……그렇다. 자주 보기는 하지만 모르는 사람들이다.

하지만 그들은 항상 즐거워 보여서…….

아주 약간 신경 쓰였다.

“저기, 나는 시원~한 크림슨 비어가 마시고 싶어!”

“어, 어이, 그거 술 아냐? 우리가 술 같은 걸 마셔도 괜찮은 거야? 이 나라의 법률이나 조례상 문제가 되는 거 아냐?”

“하아, 진짜 소심하네. 그럼 오늘은 차가운 네로이드로 봐줄게.”

“네로이드? 어이, 네로이드는 또 뭐야?”

여자애는 그 질문에 대한 대답 대신—.

“배고프니까 빨리 가자! 대중목욕탕은 보통 이 시간부터 영업을 해. 지금 가면 우리가 첫 손님일지도 몰라! 그러니까 먼저 갈게!”

……그렇게 고함을 지른 후 내달리기 시작했다.

“앗! 어이, 기다려! 네로이드가 대체 뭐냐고! 그리고 그렇게 달리다간 또 넘어질…….”

남자애가 말을 끝까지 잇기도 전에 여자애가 넘어졌다.

“……메구밍. 너무 쳐다보지 않는 편이 좋을 것 같은데…….”

“그, 그렇겠네요. 저희도 가죠.”

넘어지면서 급료 봉투를 잃어버린 듯한 그 여자애의 울음소리를 들으면서…….

……우리는 여관으로 돌아갔다.

—오늘은 이런저런 일이 있었다.

융융과 함께 퀘스트를 찾았고 개구리와 토끼를 사냥했다.

그리고 상위 악마와 마주친 것이다.

……그 악마는 대체 뭘까.

내 얼굴을 보고 누군가랑 닮았다고 했는데…….

그러고 보니 시꺼멓고 거대한 마수를 찾고 있다고도 했다.

지금 생각해 보니 좀 더 이야기를 나눠보는 게 좋았을지도 모른다.

나는 방문을 열면서 그런 생각을—.

방에 들어간 나는 바로 뛰쳐나온 후, 융융의 방에 노크를 했다.

"융융, 좀 일어나 봐요! 춈스케가! 방에 돌아가 보니, 저희 집의 시꺼멓고 조그마한 마수가 축 늘어져 있어요!"

"먹이는?! 저기, 아침부터 지금까지 방에 가둬 뒀잖아?! 물과 먹이는 챙겨준 거지?! 그렇지?!"

막간 극장【2막】

—고뇌하는 외톨이 소녀—

"내 말 좀 들어봐! 동료를 구한다면 완전 추천하고 싶은 사람이 있어! 라인 셰이커라는 이름의 실력파 창잡이가 지금 이 마을에 있대! 이웃 나라에서 최연소 드래곤 나이트가 된 사람인데, 엄청 유명한 사람이야……!"

"왠지 수상쩍은 이야기네. 애초에 그렇게 대단한 사람이 왜 풋내기들만 있는 이 마을에서 모험가 생활을 하고 있는 건데? 그리고 그 사람의 얼굴을 알기는 해?"

"으……. 그, 그게……. 얼굴은 모르지만, 그 사람이 원래 귀족 가문 출신이라는 건 들었어! 귀족이라면 돈으로 지위를 산 특이한 케이스가 아닌 이상 분명 금발 벽안일 거야! 그러니까 이 마을에 있는 금발 벽안에 예의 바른 미남을 찾으면 되는 거지!"

꺄아꺄아 하는 새된 목소리가 모험가 길드 안에서 울려 퍼졌다.

고개를 돌려보니 창을 짊어진 여자애와 도적 같아 보이는 여자애가 떠들고 있었다.

두 사람은 나와 비슷한 또래로 보였다.

"실력파 창잡이라. 금발이라면 꽤 눈에 띄겠군. 가능하면 마법사와 프리스트를 동료로 삼고 싶지만, 만약 그 사람이 눈에 띈다면 권유 정도는 해볼까?"

그렇게 말하면서 두 사람에게 말을 건 이는 마검으로 보이는 무기를 지닌 오빠였다.

아무래도 이 세 사람은 같은 파티의 멤버 같아 보였다.

그리고 저 오빠는 방금 가능하면 마법사나 프리스트를 동료로 삼고 싶다고 했다…….

이건 찬스다.

계속 수동적으로 행동하다간 메구밍과 나의 격차는 더욱 벌어질 것이다.

모험가에게 내 쪽에서 말을 거는 것은 한 번 포기했었지만 이대로 가만히 있다간 아마 후회하리라.

계속 메구밍에게 뒤처질 수 없다!

각오를 다지며 일어선 나는 마검사 오빠를 향해—.

"쉿쉿~!"

"캬앙~!"

……걸어가려고 했지만 그 오빠에게 다가가지 못하도록 다른 두 사람이 위협을 했다. 그 두 사람에게 압도당한 나는 그대로 원래 있던 자리로 되돌아갔다.

—무리였다.

나처럼 소심한 외톨이는 영원히 메구밍을 따라잡을 수 없으리라.

바로 그때였다.

"―거기 당신. 고민이 있죠? 저는 이래 봬도 프리스트랍니다. 괜찮다면 당신의 고민을 저에게 들려주지 않겠어요?"

동료 모집에 실패한 내가 테이블에 엎드린 채 죽고 싶다는 생각을 하고 있을 때, 예쁜 언니가 나에게 말을 걸었다.

푸른색으로 된 로브를 걸치고 있는 걸 보면 이 언니는 아쿠시즈 교도일 것이다.

일전에 들렀던 마을에서 아쿠시즈 교도 때문에 고생을 톡톡히 했기 때문에 가능하면 얽히고 싶지 않았지만…….

"……실은 이 마을에서 어떻게든 될 줄 알았던 일이 눈곱만큼도 잘 풀리지 않아 곤란해하고 있어요……."

나는 어느새 그 언니에게 고민을 털어놓았다.

상대가 너무 자유분방한 탓에 수많은 이들에게 두려움을 사고 있는 아쿠시즈 교도인데도 말이다.

그 언니는 내 말을 듣더니―.

"걱정하지 마세요. 아쿠아 님께서는 분명 당신에게도 구원의 손길을 내미실 거랍니다."

그 언니가 따뜻한 말을 건네자 나는 무심코 고개를 들었다.

그리고 애절한 눈빛으로 쳐다보니 그 언니는 종이 한 장을 내밀었다.

나에게 살며시 건네준 그 종이는 전에도 본 적이 있었다.

『아쿠시즈 교단 입교서』.

"자, 아쿠시즈 교단에 입교하시면 당신에게도 분명 좋은 만남이 찾아올 거예요……!"

언니는 느닷없이 태도를 바꾸더니 나에게 그것을 쥐어주려 했다……!

"너, 너무하네……. 역시 아쿠시즈 교도야. 저렇게 우울해하고 있는 애한테 저딴 식으로 종교를 권유하고 있잖아. 잔뜩 띄워준 후에 지옥 밑바닥까지 떨어뜨렸다고! 저 애의 기쁨에 찬 얼굴을 봐!"

"아무리 남이 싫어할 만한 일을 일부러 하는 게 아쿠시즈 교단의 교의라지만, 믿기지가 않네…… 아무리 저 애라도……."

우리를 멀찍이 쳐다보던 사람들이 소곤거리고 있었다.

나는 그 입교서를 꽉 움켜쥐면서—.

"저, 아쿠시즈교에 들어갈게요! 그러면……. 그러면 저한테도 친구나 동료가 생기겠죠?!"

""""어?!""""

내가 각오를 다지면서 그렇게 말하자 구경하던 사람들뿐만 아니라 아쿠시즈 교도인 언니까지 당황하고 말았다.

제3장

난폭한 성녀와 물의 정령

1

오늘 아침에는 길드 안이 시끌벅적했다.

“3반에도 프리스트가 필요해! 프리스트가 두 명 이상 있는 반에서 3반으로 한 명 보내!”

“마법사 없어~?! 포션이 부족하니까 포션을 만들 수 있는 마법사는 이쪽으로 와줘~!”

그 악마에 대해 모험가 길드에 보고하고 일주일이 흘렀다.

조사로 인해 숲에 출입하는 것이 금지되자 모험가들은 짭짤한 사냥터를 잃었다.

처음에는 다들 순순히 평원에서 사냥을 했다.

하지만 혈기 왕성한 모험가들이 얌전히 있을 리가 없었다.

대체 언제쯤 숲에 들어갈 수 있냐고 모험가들이 재촉을 해 대자, 결국 길드는 그 악마를 토벌하기로 결정했다. 그리고 토벌대를 모집하기 시작한 것이다.

실력에 자신이 있는 모험가들은 사냥터를 빼앗긴 울분을 풀기 위해 이른 아침부터 준비를 하고 있었다.

그런 모험가들을 바라보면서—.

“—또 난리 법석이 벌어졌네요.”

나는 긴장한 표정으로 지팡이를 움켜쥐고 있는 융융을 향해 말했다.

“어, 어떻게 그렇게 차분해?! 메구밍도 그 악마를 봤잖아!

강한 몬스터가 잔뜩 있는 홍마의 마을 주변에도 그렇게 흉악한 몬스터는 없었다구!"

융융은 금방이라도 울음을 터뜨릴 것 같은 표정을 지으면서 그렇게 말했다.

"그렇게 무서우면 융융은 길드에서 기다리지 그래요? 그리고 이 정도 인원이면 충분히 이길 수 있을 거예요. 백 명은 안 될 것 같지만 스무 명, 서른 명은 훌쩍 넘을 것 같네요. 이 토벌대에 참가하기만 해도 보수를 받을 수 있어요. 제일 뒤에서 졸졸 따라가기만 해도 용돈을 받을 수 있으니까, 이 기회를 놓칠 수는 없다고요."

"그, 그 정도는 나도 알아……! 그, 그리고 메구밍이 이 토벌에 혼자 참가했다가 위험에 처할까 봐 걱정된단 말이야……."

"방금 무슨 말 했죠? 그렇죠? 자, 큰 목소리로 다시 한번 말해 보세요."

"들었지?! 들었으면서 한 번 더 말해 보라고 하는 거지?!"

귀까지 새빨개진 융융이 양손으로 얼굴을 감싸며 테이블에 엎드리자, 나는 히죽거리며 그녀의 어깨를 한차례 흔들고 다시 길드 안을 둘러보았다.

아침 일찍 길드에 온 융융의 이야기에 따르면 아름답지만 안색이 나쁜 언니가 대량의 포션을 공짜로 기부했다고 한다.

그 언니는 안타까운 목소리로 『이제 당분간은 빵 끄트머리와 설탕물만 먹어야겠네요……』라고 말했다고 한다.

이 정도 인원과 지원이라면 그 상위 악마도 충분히 해치울 수 있으리라.

"뭐, 악마 토벌에 참가하는 이유는 보수 때문만은 아니에요. 잘 생각해 보세요. 이 토벌에서 활약하면 다른 파티들이 앞다퉈 저를 영입하려 할 거예요. 분명 스카우트의 태풍이 불 거라고요."

그 말을 들은 융융의 표정이 환해졌다.

"게다가 이번 토벌에는 꽤 유명한 모험가 파티가 두 팀이나 동행한대요. 한쪽은 마검을 지닌 미남이 이끄는 파티고, 다른 한쪽은……."

바로 그때였다.

"어이어이. 혹시 아가씨들도 토벌에 참가하는 거야? 좀 적당히 하라고. 소풍 가는 게 아니란 말이야."

"자, 잠깐만, 렉스. 잘 봐. 저 애들은 홍마족이야. 분명 너보다 훨씬 실력이 뛰어날걸?"

옆쪽에 있던 두 남녀가 갑자기 우리에게 말을 걸었다.

거구에 콧잔등에 흉터가 있는 남성과 아름답지만 눈매가 날카롭고 드세 보이는 여성이었다.

그러고 보니 이 두 사람이 소속된 파티가…….

"아앙? 나보다 강하다는 거야? 이 꼬맹이들이? 농담 좀 작작 해. 어이, 너도 말 좀 해봐."

"아니, 소피의 말이 맞아. 너, 홍마족을 몰라? 전원이 아크 위저드인 데다, 하나같이 상급 마법을 쓸 수 있는 숙련된 마법사 집단이라고 들었어."

"테리, 정말이야?! 어, 어이. 너희 둘, 진짜로 상급 마법을 쓸 수 있어?!"

방금 말했던 유명한 모험가 파티 중 하나다.

"아뇨. 저희는 상급 마법을 쓰지 못해요."

내가 그렇게 말하자 옆에 있는 융융도 고개를 끄덕였다.

렉스는 그 말을 듣더니 거봐란 듯 테리를 쳐다보며 흥 하고 코웃음을 쳤다.

"어라?! 이, 이상하네. 나는 홍마족에 관해 그렇게 들었는데……."

"뭐, 소문이라는 건 허풍이나 과장이 섞이는 법이잖아. 예를 들어 그 모 마검사 양반이 나보다 강하다는 소문처럼 말이야. 그리고 이름이 뭐였더라……. 절대 얽히지 말라고 소문이 자자한, 정신 나간 뭐시기 마도사였나? 그딴 소문은 하나같이 과장이 섞인 게 분명해. ……뭐, 좋아. 용돈벌이 삼아 따라오는 건 자유지만 우리 걸림돌이 되진 말라고, 아가씨들."

렉스는 그렇게 말하고 어린애처럼 깔깔 웃으며 동료들을 데리고 갔다.

이것이 풋내기 모험가에 대한 전통이란 것이다.

예전의 나라면 이 자리에서 마법을 영창하여 겁을 줬겠지만 이제부터 저들과 함께 토벌을 하러 가야 하니 괜한 소란을 일으키는 건—.

"메구밍, 안 돼! 진정해!"

"우왓?! 뭐, 뭘 하는 거죠?! 그, 그만하세요!"

바로 그때, 융융이 렉스 일행을 쳐다보는 나를 등 뒤에서 꼭 끌어안았다.

내가 렉스에게 무슨 짓을 할 거라고 생각한 것 같았다.

"딱히 아무 짓도 안 할 거니까 놔주세요! 저도 성장했기 때문에 저딴 도발에 넘어가지 않는다고요. 그리고 융융은 제가 무슨 무법자인 줄 아는 거예요?! 그것보다 가슴을 제 등에 대지 마세요! 불쾌하단 말이에요! 빨리 떨어지지 않으면, 당신의 자랑거리인 그 가슴을 자국이 남을 정도로 세게 움켜쥐어서 쪼그라들게 할 거예요!"

2

나무가 울창한 숲 속.

나와 융융은 토벌대의 제일 후방 그룹에 소속되어 행동하고 있었다.

"흑…… 흐흑……."

융융은 내 옆에서 자신의 가슴을 감싸 쥔 채 훌쩍거리고 있었다.

"이제 그만 울음을 그치세요. 저희는 뒤쪽을 경계해야만 한단 말이에요."

"내, 내가 누구 때문에 이러는 건데……! 흐흑, 뜯겨 나가는 줄 알았어……."

참가 그룹은 총 열 조였다.

각각의 그룹은 여섯 명에서 열 명으로 구성되어 있었다.

토벌대의 최전방에서 앞장서고 있는 건 마검을 지닌 미남이 이끄는 파티인 것 같았다.

그리고 제일 뒤 그룹에는—.

"어이어이, 또 만났네! 몬스터가 나타나면 바로 숨어도 되니까, 하다못해 좀 조용히 하라고."

그렇게 말하며 웃음을 터뜨리는 렉스의 파티가 주위를 경계하며 나아가고 있었다.

"아! 죄, 죄송해요……."

주의를 받은 융융은 몸을 움츠렸다.

렉스 일행은 유명한 파티 같지만 구성 멤버 전원이 무기를 사용하는 전위 직업이었다.

대검을 짊어진 렉스를 필두로 각자가 창이나 도끼 등으로 무장하고 있었다.

"그러는 당신들은 마법사가 없는 것 같네요. 이 숲에서 슬라임이 나오는 걸 알고 있나요? 무기가 통하지 않는 슬라임이 나타나면 여기 있는 융융이 퇴치할 테니까 당신들이야말로 숨으라고요."

"메, 메구밍!"

융융이 작은 목소리로 질책했지만 렉스는 입가를 살짝 굳히면서 말했다.

"어, 어이, 입은 꽤 살았는걸. 뭐, 그럼 기대 좀 해볼까. 확실히 슬라임은 성가시지. 그 녀석들이 나타나면……."

렉스가 말을 이으려 한 바로 그 순간, 마치 이 타이밍을 기다리기라도 한 것처럼 토벌대의 앞쪽이 술렁거렸다.

"몬스터가 나타났다!"

선두 그룹에서 그런 말이 들려오자 렉스 일행은 즉시 주위를 경계했다.

문제의 그 악마가 나타났을 경우, 그 녀석을 포위하듯 흩어져서 각 그룹에 배치된 프리스트와 마법사가 공격하기로 되어 있었다.

선두 그룹이 악마와 마주쳤다면 빨리 그들이 있는 곳으로 향해야 하지만—.

"젠장, 이 대량의 졸개 몬스터는 뭐야?! 어이, 빨리 해치우자! 선두 그룹이 악마와 마주쳤다면 빨리 엄호하러 가야

해……!”

마치 샘솟기라도 한 것처럼 수많은 몬스터들이 몰려오자 렉스를 비롯한 모험가들이 초조해했다.

이것은 일전에 아네스가 일으켰던 현상이다.

강력하고 격이 다른 몬스터가 나타나면 약한 몬스터는 그 상대를 피해 도망쳤다.

그렇다면 분명 이 근처에 그 악마가 있을 것이다.

바로 그때, 소피라고 불렸던 여자의 머리를 향해 나무 위에서 뭔가가 떨어졌다.

소피가 바닥을 구르며 그것을 피하자 그녀가 방금까지 있었던 곳에는 녹색 물체가 꿈틀거리고 있었다.

“『라이트닝』!”

소피에게 기습을 가한 슬라임이 융융의 마법을 맞고 부르르 몸을 떨더니 액체로 변한 후 꼼짝도 하지 않았다.

이 자리에 있는 이들 모두가 슬라임이 떨어졌던 나무를 올려다보니……!

““히이익?!””

대량의 그린 슬라임이 나무에 맺힌 열매처럼 그곳에서 꿈틀거리고 있었다.

“까아앗~! 싫어~! 나, 이제 홍마의 마을에 돌아갈래!”

“융융, 울지 말고 어떻게 좀 해 보세요! 역겹기는 하지만 저 정도 숫자를 제가 날려버렸다간 살아남은 슬라임이 사방으로 튀고 말 거예요! 그러니까 마법으로 태워버리세요!"
나는 울고 있는 융융을 달래면서 그녀의 등을 힘껏 밀었다.
"그만해! 알았어! 퇴치할 테니까 밀지 마!"
"어, 어이, 너도 홍마족이지?! 너도 마법을 쓸 수 있잖아?! 그럼 질색하는 그 애에게 강요하지 말고……!"
렉스가 나를 비난하는 가운데—.
"『파이어볼』~!!!!!"
꿈틀거리고 있는 슬라임이 엄청 무서웠는지 융융은 온 힘을 다해 마법을 펼쳤다.
굉음을 내며 나무에 꽂힌 파이어볼의 불길이 슬라임 무리를 휘감았다.
"대, 대단하네……!"
"내 말 맞지?! 숙련된 마법사 집단이라고 했잖아!"
"꽤, 꽤 하잖아……."
"저 애, 항상 길드 구석에서 트럼프를 하던 애 맞지……?"
렉스와 테리를 비롯해 주위에 있던 모험가들은 활활 타오르고 있는 나무를 올려다보며 탄성을 터뜨렸다.
"훗……. 꽤 하는 군요, 융융. 홍마족의 체면을 지켰……뭐, 뭐하는 거예요?!"
"메구미이이이이잉!"
슬라임을 태운 융융이 울상을 지으며 나에게 달려드는 가운데, 나무에 붙은 불을 끈 렉스 일행이 우리에게 다가왔다.

"이야, 진짜로 놀랐어. 아까 바보 취급해서 미안해. 꼬맹이 쪽도 저 애랑 실력은 비슷하지?"

"아, 아뇨. 제 마법은 좀 특별해요……. 그러니까, 강적한테만 쓰는 비장의 카드라고 할까, 아까 같은 상황에서 쓰기에는 좀 아깝다고 할까……."

내가 우물쭈물하면서 변명을 늘어놓자 렉스는 한쪽 눈썹을 찌푸리며 말했다.

"……뭐야. 입만 산 마도사냐?"

"뭐라고요?!"

"메, 메구밍, 진정해! 아까 길드에서 도발에 넘어가지 않는다고 자기 입으로 말했잖아!"

우리가 다투고 있는 사이, 전방에서 목소리가 들려왔다.

그러고 보니 앞쪽에는 마검을 지닌 미남이 있다고 했었다.

그 그룹이 몬스터를 모두 처리한 걸까?

……앞장서던 모험가 중 한 명이 이쪽을 향해 뛰어왔다.

"어이, 큰일 났어! 저딴 놈을 이기는 건 무리야! 악마가 느닷없이 나타나 기습을 하는 바람에 마검의 용사가 다쳤어! 그 악마, 상급 마법까지 쓴다고! 저건 마왕군의 간부급이야! 후퇴해!!"

—그 모험가가 경고하자 우리 그룹을 비롯해 후방에 위치한 그룹이 엄청난 충격에 휩싸였다.

3

마치 언데드 무리처럼 생기가 없는 집단이 저녁노을 속을 걷고 있었다.

"쳇…… 마검의 용사라는 자식이 그렇게 간단히 당해버리면 어쩌라고. 우리가 선두 그룹에 있었다면 그 악마 자식을 박살 낼 수 있지 않았을까?"

우리는 액셀 마을로 돌아가고 있었다.

완전히 장례식장 분위기인 토벌대 안에서 렉스가 혀를 차며 투덜댔다.

마검의 용사라는 자는 아무래도 상당한 유명인인 것 같았다.

그래서인지 악마는 나타나자마자 느닷없이 마검을 지닌 그를 덮쳤다고 한다.

듣자 하니 마검의 용사라는 자는 마왕군 사이에서도 유명한 것 같았다.

……마검의 용사.

마검의 용사?

응? 어딘가에서 그 말을 들었던 것 같았다.

엄청난 마력이 느껴지는 검을 지닌 용사 후보…….

그렇다. 그건 내가 아직 학생이었던 시절, 학교에서—.

"그렇지만 부상을 당한 상태에서도 그 악마에게 달려들어

날개 하나를 베어 버렸다잖아. 우리가 쉽게 도망칠 수 있었던 것도 그 덕분 아닐까? 아무튼 상대는 마왕군 간부급이라니까, 길드가 다른 마을에서 고레벨 모험가를 불러올 때까지 기다리자."

소피가 렉스를 달랬지만…….

그는 마음에 들지 않는다는 듯 바닥에 침을 뱉었다.

"—모험가 여러분, 어서 오세요! 이미 보고는 받았습니다. 무시무시한 상대였던 것 같군요……!"

길드에 돌아온 우리를 접수 카운터의 언니가 맞이했다.

이번에 토벌대가 입은 피해를 정리하자면 마검을 지닌 사람이 중상을 입었고 십여 명이 가벼운 부상을 입은 것 같았다.

프리스트들이 회복 마법을 펼치고 포션을 사용하고 있지만 재대결은 당분간 무리일 것 같았다.

그것도 그럴 것이, 기대를 모았던 토벌대의 핵심 인물이 중상을 입어 전투에 참가할 수 없게 된 것이다.

한 모험가는 어깨를 으쓱하면서 말했다.

"상대가 상위 악마니 어쩔 수 없지. 풋내기인 우리에게는 벅차다고. 이렇게 되면 다른 마을에서 고레벨 모험가가 올 때까지 얌전히 기다리자. 지원 요청은 이미 했지?"

그 모험가가 느긋한 목소리로 그렇게 말하자 길드 직원 언니는 심각한 표정을 지었다.

……왠지 불길한 예감이 들었다.

"저기, 여러분. 침착하게 들어주세요. 방금 들어온 정보입니다만, 마왕군 간부인 듈라한 베르디아가 대량의 언데드를 이끌며 마왕성을 나섰다고 해요."

그 언니가 마왕군 간부라는 말을 입에 담은 순간, 길드 안이 술렁거렸다.

"현재 베르디아의 목적 및 행선지는 알 수 없어요. ……하지만 풋내기 모험가밖에 없는 데다 전략적으로 중요하지 않은 이 마을을 그들이 습격할 리가 없죠. 그렇기 때문에……."

그 언니는 미안한 표정을 지으면서 말했다.

"마왕군 간부 문제가 해결될 때까지 다른 마을에는 지원군을 보내 줄 여유가 없습니다. 다시 말해……, 이번 악마 소동은 이 마을에 계신 분들만으로 해결할 수밖에 없어요……."

안 그래도 장례식장 분위기였던 길드 안이 조용해졌다.

그런 분위기를 느낀 언니는 당황한 목소리로 말했다.

"아, 그래도 나쁜 소식만 있는 건 아니에요! 얼마 전에 이 마을에서 모험가 등록을 하신 분 중에……. 악마 퇴치 전문가, 레어 직업 아크 프리스트이신 분이 계세요!"

아크 프리스트.

그것은 상급 직업 중에서도 특히 적은 직업이다.

악마와 언데드의 천적이라서 이 소동을 해결하기에 딱 맞는 인물이다.

하지만…….

"잠깐만 있어 봐. 얼마 전에 모험가 등록을 했다면……. 레벨 1 아크 프리스트인 거 아냐?"

그렇다. 얼마 전에 등록했다면 레벨도 낮을 것이고 당연히 스킬 또한 변변찮으리라.

스테이터스 또한—.

"실은 말이죠! 듣고 놀라지 마세요! 그분은 일부 항목을 제외한 스테이터스가 지극히 높을 뿐만 아니라, 모든 스킬을 습득했을 정도로 우수한 아크 프리스트예요!"

언니가 그렇게 말한 순간, 길드 안에 있던 모험가들이 딱딱하게 굳었다.

그리고—.

"뭐 그딴 프리스트가 다 있어?!"

"어이, 진짜야?! 그런 아크 프리스트라면 그 악마도 해치울 수 있을 거야……!"

"특징! 그 아크 프리스트의 특징을 가르쳐줘!"

모험가들이 반색하고 있을 때, 방금까지 홧술을 마시던 남자가 벌떡 일어서며 말했다.

"……저기 말이야. 그 아크 프리스트라면 마검의 용사가 입은 중상도 간단히 치유할 수 있지 않을까? 그러면 그 아크 프리스트뿐만 아니라, 마검의 용사도 다시 전투에 참가할 수 있을 거야. 그러면 분명……!”

그 순간, 이 자리에 있던 모험가들이 서로의 얼굴을 쳐다보았다.

“그 아크 프리스트는 투명한 느낌의 물빛 머리카락과, 여신을 연상케 할 정도의 미모를 지닌……!”

“““우오오오오오오오오!”””

모험가들은 길드 직원 언니가 말을 끝까지 듣지도 않고 길드를 뛰쳐나갔다.

……전부 남성 모험가들 이었다.

“……다들 가버렸네. 어떻게 할래? 우리도 찾으러 갈까?”

“……남자들이 저렇게 필사적으로 찾고 있잖아요. 금방 찾아낼 거예요. 그리고 저는 왠지 피곤해요…….”

“그래? 나는 한동안 이곳에 남아 있을래. 저, 저기……. 아까 내 마법이 조금 도움이 됐잖아? 그, 그러니까…….”

아무래도 슬라임을 퇴치한 걸 말하는 것 같았다.

……아하. 아까 전의 활약상을 본 다른 파티가 자신을 스카우트하려 할지도 모르니까 길드에서 기다려볼 생각인 것이리라.

하지만, 뭐랄까…….

나는 어느새 휑해진 길드 안을 둘러보고 말했다.

“그, 그럼, 너무 늦기 전에 돌아오세요.”

"알았어! 내일 아침까지는 돌아갈게!"

"조, 좀 더 일찍 돌아오세요!"

4

모험가들이 마을 안을 뛰어다니고 있었다.

지금은 저녁때.

노동자들이 일을 끝내고 돌아올 시간이었다.

그런 사람들로 북적이는 마을 안을 건장한 모험가들이 뛰어다니고 있으니 민폐도 이런 민폐가 없었다.

"물빛 머리카락의 여신님! 물빛 머리카락의 여신님을 찾아~!"

그런 목소리가 곳곳에서 들려오더니 이윽고 뭔가가 강하게 부딪히는 소리와 함께 여자애의 비명이 들려왔다.

허둥지둥 뛰어다니던 모험가 한 명이 결국 길을 가던 사람과 부딪히고 만 것이다.

"너, 눈을 어디 달고 다니는 거야! 너 때문에 방금 받은 급료를 떨어뜨렸잖아! 빨리 주워! 내가 오늘 받은 급료는 1만 에리스야! 만약 부족하면 네가 변상해!"

"너, 너, 인마……! 정말 그렇게 살 거냐?! 너도 일단은…… 우읍?!"

왠지 귀에 익은 목소리가 들려왔기에 고개를 돌려보니 아니나 다를까 그 두 사람이었다.

물빛 머리카락의 여자애가 함께 다니는 남자애의 입을 막고 있는 모습이 눈에 들어왔다.

"미, 미안해. 지금 주워줄 테니까……. 하지만 땅에 떨어진 돈을 다 합쳐도 1만 에리스는…… 어, 너, 물빛 머리카락?!"

"응? 왜 그래? 내 물빛 머리카락에 불만이라도 있어? 자, 그딴 건 아무래도 좋으니까 빨리 돈을 주워! 서두르지 않으면 다른 사람이 나보다 먼저 공중목욕탕을 이용할지도 모른단 말이야! 오늘도 열심히 일했으니까 빨리 목욕하고 싶다구!"

"아, 미, 미안! ……물빛 머리카락이기는 하지만……. 이 녀석이 우수한 아크 프리스트……? 여신 같은 미모……. 에이, 아니겠지. 진흙 범벅에 꾀죄죄한 데다, 고위 성직자가 이런 자해공갈단 같은 짓을 할 리 없잖아……."

"……응? 방금 무슨 소리 했어?"

"아, 아니, 아무 말도 안 했어. 우리는 지금 바쁘거든. 이거 줄 테니까 그냥 봐달라고. 그럼 안녕!"

그 모험가는 자신이 부딪혔던 여자애에게 1만 에리스를 건네준 후, 그대로 어딘가를 향해 뛰어갔다.

"만세! 봤지? 이게 처세술이라는 거야! 자, 빨리 땅에 떨어진 돈을 줍자! ……어? 왜 울어?"

"……너, 사람들에게 숭배받는 존재 맞지……?"

"이제 와서 무슨 소리야? 그 정도는 척 보면 알 수 있잖아."

"전혀 모르겠는데요."

돈을 움켜쥔 여자애는 옆에 있는 소년과 다투기 시작했다.

—여신을 연상케 하는 미모를 지닌, 물빛 머리카락의 우수한 아크 프리스트.

……저 여자애가 그 아크 프리스트가 아니라는 것만큼은 틀림없어 보였다.

—나는 피곤한 몸을 이끌고 방으로 향했다.

그러고 보니 오늘은 아직 폭렬마법을 쓰지 않았다.

융융이 돌아오면 같이 가달라고 해야겠다.

그런 생각을 하면서 잠겨 있던 방문을 열어보니—.

"어서 오세요, 메구밍 양. 목욕부터 할래요? 저와 같이 잘래요? 아니면 아쿠시즈교에 들어오겠어요?"

나는 그대로 문을 닫았다.

그 순간, 내가 닫았던 문이 힘차게 열렸다.

"부끄러워하지 마, 메구밍 양! 정말 귀엽다니깐! 여전히 로리로리하다니깐!"

그 사람은 일전에 아르칸레티아에서 만났던 프리스트다.

그 마을에서 나를 별의별 일에 휘말리게 했던, 아쿠시즈 교단의 언니였다.

5

"—언니."

"언니야 라고 불러도 돼."

나는 침대에 걸터앉은 후, 욱신거리는 머리를 감싸 쥐었다. 그리고 눈앞의 의자에 앉아서 촘스케를 안고 있는 이 언니에게 다시 말했다.

"언니에게 물어볼 게 많긴 한데……."

"세실리라고 불러줘. 언니야나 언니도 좋지만, 슬슬 서로를 이름으로 부르는 사이가 되어도 괜찮을 것 같아."

"언니가 왜 여기 있는 거죠?"

오늘 아침에 방을 나설 때 분명 문을 잠갔다.

그런데 이 언니는 어떻게 들어온 것일까.

애초에 이 사람은 아르칸레티아에서 권유 활동이라는 이름의 테러를 자행하고 있어야 했다.

"세실리라고 불러줘. 으음……. 뭐, 이야기하자면 좀 길지만……."

세실리는 그렇게 말하더니 고민을 하듯 입술 가장자리에 손가락을 대면서 말했다.

"설명하려니 귀찮으니까, 아쿠아 님께서 인도해 주신 걸로 하자."

"제대로 설명을 해봐요! 그리고 분명 잠겨있던 이 방에 어떻게 들어온 건지를 물은 거라고요!"

내가 그렇게 따지자 세실리는 진지한 표정을 지었다.

"실은……. 메구밍 양에게 부탁할 것이 있어서 이렇게 찾아왔어."

"그렇게 진지한 표정을 짓는다고 그냥 넘어갈 것 같아요?"

세실리의 이야기를 요약하자면—.

아쿠시즈 교단의 최고 책임자인 제스터가 여신 아쿠아의 목소리를 들었다고 한다.

세실리의 말에 따르면 제스터는 아쿠시즈 교단 안에서도 1, 2위를 다투는 아크 프리스트라고 했다.

그렇기 때문에 자신이 모시는 여신으로부터 신탁을 받을 수도 있는 것이다.

"흐음. 저한테 있어서는 단순한 변태에 불과하지만, 그래도 상위 악마 아네스를 겁먹게 만들 정도의 실력자긴 했죠. 그래도 신탁이라니……."

성직자답네, 라고 생각한 나는 제스터에 대한 인식을 바꿨다.

"그런데 대체 어떤 신탁이었죠? 이 액셀 마을에서 재앙이 발생하는 건가요? 아니면 마왕을 쓰러뜨릴 용사가 태어난 건가요?!"

"제스터 님께서는 이곳, 액셀 마을 쪽에서 아쿠아 님의 신성한 전파가 날아왔다고 말했어. 얼마 전, 『나는 아쿠아. 아쿠시즈 교단이 숭배하는 신, 여신 아쿠아야! 그대, 만약 내 신자라면……! ……돈 좀 빌려주시면 정말 감사하겠어요.』라는 말이 들렸대."

"순식간에 수상쩍어졌네요."

전파를 수신했다는 발언만으로도 충분히 수상쩍은데, 그 내용은 바로 자신의 신자에게 돈을 요구하는 신탁이었다.

"신탁의 내용이 이상하기는 하지만, 아쿠아 님께서 절실하게 곤란한 상황에 처하신 건 분명해. 제스터 님도 아쿠아 님의 이름으로 사리사욕을 채우는 짓만큼은 하지 않는 분이시거든. ……아쿠아 님이 왜 돈을 원하시는 건지는 모르겠지만, 제스터 님은 이유를 알아내기 위해 아쿠시즈 교단의 미인 프리스트를 전파가 발신된 이 마을로 파견한 거야."

"아쿠시즈 교단은 여전히 할 일이 없나 보네요."

미인 프리스트 운운에 대해 한 소리 하면 이야기가 길어질 것 같았기에 태클을 걸지 않았다.

그런데 이 정체불명의 신탁이 나와 무슨 상관인 걸까.

"이 마을에 도착하고, 아쿠아 님께서 내리신 신탁의 의미를 이해했어. 이 마을은 아쿠시즈 교단의 철천지원수인 악마에게 위협당하고 있는 것 같더라."

촘스케를 안고 있던 세실리는 진지한 표정을 짓더니, 침대에 앉아 있는 내 옆으로 이동했다.

"예. 이 마을 근처의 숲에 악마가 나타난 바람에 모험가들이 피해를 입고 있긴 한데……. 그 신탁이 이 일과 연관이 있다는 건가요?"

세실리는 여전히 진지한 표정을 지은 채 내 침대의 이불 안으로 기어들어 갔다.

……이 사람은 진지한 표정으로 뭘 하고 있는 걸까.

"그래. 아쿠시즈 교단의 교의 중에는『악마는 죽어야 마땅하다』는 철칙이 있어. 아쿠아 님은 이 마을에서 돈을 필요로 하고 계시지. 그리고 제스터 님의 말씀에 따르면 이 마을에서 뭔가가 일어날 거야. 그걸 조합해볼 때……!"

멋대로 이불 안에 들어간 세실리는 얼굴만 내밀며 말했다.

"교단 측이 나에게 맡긴 돈으로 사람을 고용해서, 이 마을에 나타난 악마를 해치우라는 신탁이야!"

"그, 그런가요……? 그런데 침대에서 나와 주지 않겠어요? 여기는 제 방이고, 그 침대도 제가 자는……."

세실리는 내 말은 들은 척도 하지 않고 행복한 표정으로 이불에 얼굴을 묻은 채 냄새를 맡기 시작했다.

……어이.

"내가 이 마을에 도착하고 가장 먼저 떠올린 사람은 저번에 신세를 졌던 메구밍 양이야……."

"어이, 그딴 건 아무래도 상관없으니까 빨리 거기서 나와 주실까."

나는 이불을 빼앗으려고 했지만 세실리는 완력이 좋은지 격렬하게 저항했다.

입만 다물고 있으면 상당한 미인인데, 왜 아쿠시즈 교도 중에는 이렇게 유감스러운 인물이 많은 걸까!

"이 마을의 아쿠시즈 교도 숫자는 매우 적어. 교회도 제대로 운영할 수 없을 정도라서 도움을 요청할 수도 없지! 그러니까 메구밍 양에게 부탁을 좀 하고 싶어!"

"그딴 건 제가 알 바 아니에요! 저는 이제 당신들과 엮이고 싶지 않단 말이에요! 그리고 제 베개 냄새 좀 맡지 말라고요!"

이불을 빼앗긴 세실리는 침대에 드러누운 채 품속에서 뭔가가 가득 든 주머니를 꺼냈다.

"이 마을에 머물고 있다는 아크 프리스트에 대한 소문 들었지? 그 사람을 나와 같이 찾아준다면 5백만 에리스. 악마를 쓰러뜨려준다면 천만 에리스."

"할게요."

나는 또 아쿠시즈 교단을 돕기로 했다.

6

내가 세실리와 함께 마을을 돌아다니고 있을 때—.

"어때? 찾았어?!"

"물빛 머리카락의 실력파 미녀 아크 프리스트 따위는 없어! 내가 찾은 건 물빛 머리카락의 술주정뱅이 길거리 예술가뿐이라고! 젠장, 미인 아크 프리스트님은 대체 어디 있는 거야……?!"

모험가들은 여전히 화제의 아크 프리스트를 찾기 위해 마을 안을 뛰어다니고 있었다.

"그들이 저렇게 찾아다니고 있는데도 아직 발견하지 못한 것 같은데, 저희가 과연 그 사람을 찾을 수 있을까요?"

세실리가 내 말을 듣더니 말했다.

"저들은 대체 어디를 찾아보고 있는 걸까? 아무튼, 저들과는 다른 장소를 찾아보는 편이 좋을 것 같네. 메구밍 양은 아크 프리스트가 어떤 곳에 있을 거라고 생각해?"

"아크 프리스트가 있을 만한 곳이라면……. 교회에서 기도를 드리거나, 공동묘지에 가서 방황하고 있는 유령들을 성불시키고 있지 않을까요……?"

그녀는 뛰어난 아크 프리스트라고 했다.

그렇다면 신앙심 또한 매우 강하고, 고결한…….

"아쿠시즈교의 프리스트인 내가 평소 이 시간대에 취할 행동이라면……. 우선 공중목욕탕을 남들보다 먼저 이용하기 위해 돌격할 거야. 그리고 개구리튀김을 안주 삼아 시원한 크림슨 비어를 쭉 들이켠 후, 내 아름다운 몸을 향해 엉큼한 시선을 보내는 술주정뱅이들과 싸우겠지. 그리고 마지막으로 에리스교의 교회에 돌을 던진 후 돌아갈 거야."

"그딴 성직자가 이 세상에 존재해도 된다고 생각해요?"

그 아크 프리스트는 이 사람과 마찬가지로 아쿠시즈 교도인 걸까?

길드 직원 언니의 이야기에 따르면 스테이터스 수치가 매우 높고 실력이 뛰어나며 여신 같은 미모를 지녔다고 한다.

그렇다면 아쿠시즈 교도일 가능성은 거의 없다.

……그렇다. 없다.

"으음……. 내 감은 잘 맞는 편이거든? 방금 말한 장소를 둘러보면 분명 그 아크 프리스트와 만날 수 있을 거야. 그러니까, 어때? 지금쯤이면 목욕탕도 한산할 텐데."

"언니가 목욕하고 싶은 것 아닌가요? 우선 교회에 가죠."

"아아아아…… 메구밍 양. 수색은 내일부터 하고, 오늘은 이 언니야와 같이 목욕이나 하자! 이 언니가 등 씻겨줄게!"

"수색할 마음이 없는 거라면 저는 이만 돌아갈래요!"

—우리는 우선 에리스 교회로 향했다.

하지만…….

나는 세실리를 데리고 이곳에 온 것을 바로 후회했다.

"어이, 열어! 악마를 퇴치할 수 있는 아크 프리스트를 네놈들이 숨기고 있다는 건 알고 있다고! 문을 박살 내버리기 전에 열란 말이야!!"

세실리는 에리스 교회의 문을 발로 뻥뻥 걷어차고 있었다.
"그런 사람은 없어요! 아쿠시즈 교단의 관계자분들이 이 교회에 출입하는 것은 금지되어 있습니다! 돌아가 주세요! 돌아가 주세요!!"
교회 안에서 에리스 교도의 비통한 외침이 들려왔다.
세실리는 열릴 기색이 없는 문을 보더니 쳇 하고 혀를 찼다.
"메구밍 양, 당신 차례야. 나를 대신해 마법으로 이 교회를 초토화시켜줘."
"그딴 짓을 어떻게 해요! ……그리고 처음부터 평범하게 찾아가면 될 걸 왜 그런 행동을 취하는 거죠? 사태를 더 골치 아프게 만들지 말란 말이에요."
나는 한숨을 내쉬면서 굳게 닫힌 문 앞에 섰다.
"저기, 저는 모험가인데 잠시 이야기 좀 나눌 수 없을까요?"
"당신도 아크 프리스트를 찾고 있는 건가요? 돌아가세요. 여기에는 미인 아크 프리스트는 없어요! 대체 이게 무슨 난리죠? 아까부터 미인 아크 프리스트를 찾는 모험가들이 몇 명이나 찾아왔다고요……!"
……다들 비슷한 생각을 한 것 같았다.
"소란을 피워서 죄송해요. 사실 이 마을 근처에 강력한 힘을 지닌 악마가 나타났어요. 그래서 그 아크 프리스트분에게 도움을 요청하려고 찾고 있는 중이죠……."
문 너머가 조용해지더니 내 이야기에 귀를 기울이고 있는 듯한 기색이 느껴졌다.

"기대를 모았던 실력파 모험가도 부상을 입었어요. 그래서 그 모험가의 상처를 치유하고 그 악마에게 대항하기 위해, 그분을 찾고 있는 중이죠……."

거기까지 말한 순간이었다.

교회의 문이 열리더니—.

"……이 교회에 그런 분은 계시지 않아요."

프리스트로 보이는 여성이 지쳐 보이는 얼굴을 문틈으로 내밀며 말했다.

나는 그 말을 듣고 고개를 숙인 채 돌아가려 했다.

"이 교회에는 안 계시지만……. 이 근처의 고아원에서 무료 배식이 이뤄지고 있어요. 그분이 그곳에 계신지는 알 수 없지만, 지나가던 프리스트가 그런 곳에서 봉사 활동을 하는 일이 자주 있죠."

그 여성은 그렇게 말하면서 빙긋 웃었다.

"……읏! 정말 감사합니……."

내가 감사 인사를 끝까지 잇기도 전에, 교회 안에서 쨍그랑 하는 소리와 함께 비명이 들려왔다.

무슨 일인가 싶어 그쪽을 보니—.

"스트라이크!"

발치에 투척용 돌멩이를 줄지어 놓아 둔 세실리가, 만족스러운 표정으로 깨진 유리창을 쳐다보며 힘차게 주먹을 말아 쥐고 있었다.

—고아원으로 향하는 동안…….

“바보인가요?! 아쿠시즈 교도는 왜 하나같이 바보인 거죠?! 뭐가 스트라이크죠?! 에리스 교도와 사이가 나쁜 건 알지만, 대체 무엇 때문에 당신들은 그딴 짓을 하는 거냔 말이에요!”

“그게 좀 이상해. 이 마을에 오고 나서부터 묘하게 의욕이 넘친다니까. 평소보다 더 컨디션이 좋다구. 혹시 위대하신 아쿠아 님의 가호인가?”

“그 넘치는 의욕이 진짜로 가호라면, 저는 생애를 마치고 여신 아쿠아를 만났을 때 다짜고짜 달려들 거예요.”

“휴우……. 그건 그렇고 위험했네. 설마 그렇게 얌전하게 생긴 프리스트가 분노를 터뜨리며 달려들 줄은 몰랐어…….”

“무슨 소리를 하는 거예요! 그렇게 친절한 사람을 왜 화나게 만들었냔 말이에요! 그 온화해 보이는 프리스트의 인상이 확 바뀌었을 때는 진짜로 무서웠다고요!”

어느새 저녁때가 지났는지 주위는 어두워지고 있었다.

저녁 먹을 시간이라 그런지 술집과 식당이 붐볐다.

바로 그때, 우리가 지나가던 한 술집에서 환성이 들려왔다.

그 소리를 들은 세실리가 불길에 뛰어드는 나방처럼—.

"자, 잠깐만요, 어디 가는 거예요?! 딴짓할 시간 없어요! 빨리 고아원에 가지 않으면 무료 배식이 끝날지도 모른다고요!"

"하지만 이 술집에서 즐거운 환성이 들려온다구……! 아쿠시즈 교도의 감이 말하고 있어! 소문의 그 아크 프리스트가 분명 이 술집에 있다고 말이야……!"

"그 아크 프리스트가 대체 이런 데서 뭘 한다고요! 여기는 음유시인이 모이는 술집이에요! 고결하고 솜씨 좋은 성직자가 이런 곳에 있을 리가 없잖아요!"

"하, 하지만, 우리 교단에서 실력으로 1, 2위를 다투는 성직자인 제스터 님은 사흘에 한 번 여기보다 더 저속한 술집에 가는데……."

"그 아저씨를 성직자 취급하지 마세요! 동업자분들이 화낼 거예요!"

나는 계속 저항하는 세실리를 강제로 잡아끌면서 무료 배식이 이뤄지고 있는 장소로 향했다.

—무료 배식이 이뤄지고 있는 고아원에 오기는 했지만…….

"우물…… 녁시, 어기에도 어는 거 가네. ……꿀꺽! 더 주세요! 곱빼기로요!!"

가난한 사람들을 위한 무료 배급 음식을 입 안에 가득 집어넣은 세실리가 진지한 표정으로 음식을 더 달라고 했다.
이 사람은 지나치게 자유분방했다.
아쿠시즈 교도들은 하나같이 이런 걸까.
"예. 그런 분이 봉사 활동을 하러 온 적은 한 번도 없습니다. 하지만 물빛 머리카락, 말인가요……. 무료 배식을 자주 이용하는 단골 중에 물빛 머리카락을 지닌 여자애가 있긴 합니다만……. 혹시 그 사람 아닐까요?"
실력파 미인 아크 프리스트가 무료 배식을 이용하지는 않을 것이다.
이번에도 헛수고한 것 같았다.
내가 무료 배식 봉사자에게 고맙다는 말을 하고 있을 때, 세실리가 빵빵해진 배를 감싸 쥐고 말했다.
"휴우……. 잘 먹었습니다. 메구밍 양, 배가 부르니까 이제 잠이 와. 분명 우리가 찾고 있는 아크 프리스트도 지금쯤 기분 좋게 자고 있을 거야. 그러니까 우리도 여관에 돌아가서 잠이나 자자. 응?"
이, 이 사람은 정말!

—우리는 마지막 탐색 장소인 공동묘지로 향했다.
주위가 완전히 어둠에 휩싸이자 마을 밖 언덕 위의 공동묘지는 말로 형용할 수 없는 분위기에 휩싸여 있었다.
내가 오자고 해 놓고 이러는 건 좀 그렇지만 진짜로 이런 곳에 아크 프리스트가 있는지 의문이 든 바로 그때였다.

"히이이이이이익!"

"우와아아아아아아아아아아앗?!"

세실리가 갑자기 큰 소리를 냈고 나도 고함을 질렀다!

랜턴을 놓칠 뻔한 나는 허둥지둥 주위를 둘러보았다.

"왜, 왜 그러는 거예요?! 몬스터라도 나왔나요?!"

그렇게 말하면서 세실리를 감싸듯 그녀의 앞에 선 나는 주위를 경계……!

"크큭, 풉~! 메구밍 양이, 우와아아아아아앗! 하고 말했어! 우와아아아아아앗, 하고 말했다구! 정말 너무 귀엽다아야야야야야얏! 잘못했어! 이 언니가 가볍게 장난 좀 쳐봤을 뿐이라구! 이제 안 할 테니까 그만해! 용서해줘!!"

내가 분노에 사로잡힌 채 지팡이로 세실리를 두들겨 패려고 한 순간, 내 발치에 있던 춈스케가 하늘을 올려다보며 꼼짝도 하지 않았다.

춈스케는 나와 세실리의 뒤쪽을 쳐다보고 있었다.

그곳을 쳐다보며 꼼짝도 하지 않는 춈스케를 본 나는—.

"……언니. 저기, 프리스트인 언니에게 부탁하고 싶은 게 있는데요."

"뭐, 뭔데? 혹시나 해서 말해 두겠는데, 나는 간단한 회복 마법밖에 못 써. 턴 언데드는 수행 부족이라 주문도 제대로 외우지 않았다구."

맙소사. 이 사람, 진짜 아무짝에도 쓸모가 없네.

……바로 그때, 달빛에 의해 생겨난 누군가의 그림자가 우리에게 드리워졌다.

그것은 마치 둥실둥실 떠 있는 도깨비불 같은 크기의……

"……하나, 둘, 셋에 돌아볼까요?"

"……좋아. 동시에 돌아보고, 뭔가가 있으면 같이 싸우자. 알았지?"

"예. 그럼 셀게요."

나는 숨을 들이마셨다.

그와 동시에, 등 뒤에서 뭔가의 발소리가 들려왔다.

""하나, 둘, 셋!""

그 순간, 나와 세실리는 뒤를 돌아보지 않고 그대로 냅다 내달렸다.

"저기, 메구밍 양?! 이야기가 다른 것 같은데!"

"그건 제가 할 말이에요! 성직자라면 연하의 여자애가 도망칠 시간을 벌기 위해 남으라고요!"

뒤도 돌아보지 않고 내뺀 우리는 그대로 마을을 향해 나란히 내달렸다!

"나는 일단 고용주 같은 거잖아!"

"아직 돈을 받지 못한 데다, 의뢰는 호위가 아니라 사람을 찾는 거잖아요!"

바로 그때였다.

"저, 저기……."

걸음아 날 살려라 하고 내빼는 우리를 향해 가녀리고 쓸쓸한 목소리가 들려온 느낌이 들었다.

"—너, 너무해……. 하아…… 하아……! 예전에는 그렇게 간단히 속아 넘어갔던 귀여운 메구밍 양이 대체 어쩌다 이렇게 변해버린 거야?"

"당신들 때문에 험한 꼴을 왕창 당한 덕분이에요."

마을 입구에 도착한 우리는 숨을 헐떡이면서 땅바닥에 주저앉았다.

"그러고 보니 도망칠 때 여자 목소리가 들린 것 같았는데……. 혹시 찾고 있던 아크 프리스트가 저희에게 말을 건 것 아닐까요?"

내가 그렇게 말하자 땀범벅인 얼굴에 손으로 부채질을 하고 있던 세실리가 말했다.

"아냐. 나, 묘지를 나서기 직전에 뒤쪽을 힐끔 쳐다봤어. 거기에는 언데드처럼 새하얗게 질린 얼굴과 웨이브 진 머리카락을 지닌 아름다운 여자가 달빛을 받으며……!"

"알았어요! 알았으니까, 이제 아무 말도 하지 마세요!"

7

—세실리와 함께 마을 안을 돌아다니며 결국 헛수고만 잔뜩 한 날의 다음 날 아침.

길드에서 아침까지 쭉 기다렸던 융융이 테이블에 엎드린 채 훌쩍거리고 있었다.

"흑……, 흑……. 어, 어쩔 수 없잖아……! 한 시간만 더 기다려보면 내 활약상을 본 사람이 말을 걸어줄지도 모른다는 생각이 들어서, 조금만 더, 조금만 더 하면서 계속 기다렸단 말이야……!"

"그렇다고 다음 날 아침까지 기다린 건가요?! 당신은 대체 어떻게 돼먹은 거죠?!"

실력파 아크 프리스트를 찾기 위해 길드를 뛰쳐나갔던 모험가들은 길드로 돌아오지 않고 해산한 것 같았다.

그리고 어제 그렇게 의욕적이던 세실리는 현재 여관에서 축 늘어져 있었다.

같은 여관에서 묵은 세실리를 깨우러 가봤더니, 세상의 풍파 때문에 변해버린 내가 걱정된 나머지 뜬눈으로 밤을 지새웠으니까 낮잠 좀 자겠다면서 다시 잠들었다.

참고로 나는 세실리가 여관 1층의 술집에서 밤늦게까지 술을 퍼마셨다는 사실을 알고 있다.

아쿠시즈 교도는 정말 프리덤했다.
그 사람들에게는 규율이나 계율 같은 말이 존재하지 않는 걸까.
아무튼 의뢰를 맡았으니 이대로 멍하니 있을 수는 없었다.
하지만 그 악마를 퇴치하기 위해서는 마검을 쓰는 그 모험가의 상처가 나을 때까지 기다리거나, 소문의 아크 프리스트를 찾는 수밖에 없었다.
……내가 여전히 삐친 채 엎드려 있는 융융과 함께 이러지도 저러지도 못하고 있을 때였다.
"어, 입만 산 마도사잖아. 이런 데서 뭐해? 넌 소문의 그 아크 프리스트를 안 찾냐?"
그런 소리를 하며 시비를 건 이는 아침부터 술을 퍼마시고 있는 렉스였다.
"어, 토벌 때 믿음직한 마검사가 당했다는 말을 듣자마자 입만 산 마도사와 함께 헐레벌떡 도망친 실력파 모험가잖아요! 당신이야말로 뭐하고 있는 거죠? 악마 때문에 겁을 잔뜩 집어먹은 나머지 아침부터 홧술이나 퍼마시고 있는 건가요?"
"오, 오오……?! 너, 꼬맹이 주제에 말은 잘하네!"
"어이, 방금 누구한테 꼬맹이라고 한 건지 어디 한번 말해 보실까. 대답에 따라서는 밖으로 따라 나와 줘야겠어요!"
"저기, 메구밍! 왜 만나고 1분도 채 지나지 않았는데 싸움을 벌이려고 그래?! 저기, 죄송해요! 이 애, 어제부터 신경

이 곤두선 상태거든요……!”

융융이 허둥지둥 싸움을 말리자 렉스는 인상을 찡그리면서 말했다.

“아, 아냐……. 나야말로 미안해. 나도 신경이 곤두섰거든. 소문의 그 아크 프리스트를 도저히 찾을 수가 없어서 말이지. 무심코 시비를 걸고 말았어. 미안하다.”

솜씨 좋은 모험가라는 이 사람의 파티도 그 아크 프리스트를 찾지 못한 것일까.

하긴, 이 마을에 있는 대부분의 모험가들이 마을 안을 뒤졌는데도 찾지 못했다.

그 아크 프리스트는 이미 다른 마을에 갔다고 생각하는 편이 좋으리라.

“그리고 말이야. 나도 아무 이유 없이 너희한테 말을 건 게 아냐. 본론에 들어가자면……. 사실 그 악마와 관련이 있는 괜찮은 정보를 손에 넣었어. 네 실력은 모르지만, 옆에 있는 아가씨가 세다는 건 어제 알았거든. ……어때? 안 낄래?”

렉스는 그렇게 말하고 씨익 웃었다.

—마을에서 떨어진 곳에 있는 산기슭에서 어떤 몬스터가 목격됐다.

그것이 바로 렉스가 말한 좋은 정보 같았다.

“슬슬 가르쳐주세요. 그 몬스터가 뭐죠?”

"헤헷, 풋내기 모험가에게 있어 꽤 버거운 몬스터지. 무서우면 관둬도 돼. 우리 셋이서도 못 잡을 정도는 아니거든."

그 후 나와 융융은 렉스네 파티와 함께 목적지인 산으로 향했다.

테리라는 사람의 말이 커다란 우리를 끌고 있었다.

"힌트는 검고 커다란 몬스터야. 악마에 관한 정보는 너희가 입수했다면서? 그 악마는 검고 커다란 마수를 찾고 있다던데, 맞아?"

소피가 그렇게 묻자 나는 몸에서 핏기가 빠지는 것을 느꼈다.

그 말을 듣고 멈춰 선 융융을 쳐다보니 그녀 또한 나와 같은 생각을 하고 있는 것 같았다.

"저기, 지금 향하고 있는 곳에서 목격됐다는 몬스터가 설마……."

"오, 감이 왔나 보네. 그래. 『초보자 킬러』야."

나와 융융은 그 말을 듣자마자 뒤돌아서서 그대로 왔던 길을 되돌아갔다.

초보자 킬러.

그 이름대로 풋내기 모험가에게는 천적인 몬스터이자—.

"어, 어이. 너희는 숙련된 마법사 집단이라는 홍마족이잖아?! 무서우면 관둬도 된다고 아까 말했지만, 진짜로 관두면 어떻게 하냐고!"

"숙련된 마법사이기 때문에 관두는 거예요! 초보자 킬러는 교활하고 경계심이 강한 데다, 매우 재빠른 몬스터예요. 지능이 높기 때문에 기습을 하기도 하고 약해 보이는 적부터 노리는 습성이 있기 때문에, 이 녀석과 마주치면 빈약한 마법사부터 당하는 경우가 허다하단 말이에요."

"게다가 움직임이 빨라서 순식간에 접근하니까, 뒤에 있어 봤자 그다지 안심할 수 없어요. 게다가 저희는 아직 레벨이 낮은 풋내기라구요……."

그런 이유로 마법사가 난감해하는 몬스터이기도 했다.

그렇다. 저레벨 마법사인 우리는 초보자 킬러에게 있어 절호의 사냥감인 것이다.

"걱정하지 마. 우리는 초보자 킬러를 몇 번이나 토벌해봤어. 너희는 초보자 킬러를 포획할 때 어떤 마법을 써주기만 하면 돼. 그리고 우리가 잘 지켜줄 테니 안심하라고."

렉스는 가벼운 말투로 그렇게 말했지만 뇌가 근육으로 되어 있는 듯한 이 사람이 교활한 초보자 킬러의 기습을 막아낼 수 있을까…….

"—저기, 그럼 제가 초보자 킬러를 포획할 때 슬리프 마법을 쓰기만 하면 되는 거죠? 그런데 초보자 킬러를 잡아서 어쩌려는 거예요?"

렉스는 말이 끌고 있는 강철 우리를 엄지로 가리키며 말했다.

"뻔하지. 포획하면 이 우리에 집어넣어서 마을까지 끌고 갈 거야. 문제의 악마는 검고 커다란 마수를 찾고 있어. 그리고 이런 시기에 초보자 킬러의 목격 정보가 들어왔지. 그렇다면 그 악마가 찾는 건 초보자 킬러가 틀림없다고 봐도 되지 않겠어? 아마 그 악마의 애완동물 아닐까?"

요컨대 포획한 초보자 킬러를 미끼로 쓰거나 그걸로 거래를 할 생각인 것 같았다.

"악마를 퇴치하거나 마을 근처의 숲에서 몰아내고, 받은 보수는 절반씩 차지하는 거야. 어때? 나쁜 제안은 아니지?"

렉스는 그렇게 말하면서 미소를 지었다.

8

초보자 킬러라는 이 몬스터는 고블린이나 코볼트 같은 졸개 몬스터 무리 근처에 숨어 있다.

고블린과 코볼트는 풋내기 모험가에게 있어 매우 돈벌이가 좋은 몬스터다.

그래서 돈벌이를 하러 온 모험가를, 고블린이나 코볼트를 이용해 낚는 것이 초보자 킬러인 것이다.

즉, 초보자 킬러를 포획하기 위해서는……!

“『블레이드 오브 윈드』!!”

“좋았어! 역시 홍마족! 위력이 엄청난걸! 이 틈에 밀어붙이자고!”

렉스가 양손으로 쥔 대검을 치켜들고 고블린 무리 한복판을 향해 돌진했다.

창을 든 소피가 그 뒤를 따랐고 전투용 도끼를 든 테리는 나와 융융을 지키며 우리 곁에 서 있었다.

그들이 실력파 파티라는 말은 과장이 아니었던 것 같았다.

렉스 일행은 십여 마리의 고블린 무리를 순식간에 해치우더니 바로 경계 태세를 취했다.

초보자 킬러는 모험가를 낚기 위한 미끼인 고블린 무리를 지키려는 습성을 지녔다.

이렇게 고블린 무리가 습격했을 때, 근처에 초보자 킬러가 있다면—.

“테리, 뒤쪽이다!”

렉스가 고함을 지른 순간, 우리 뒤편에 있던 수풀이 크게 흔들리더니 거기서 검은색을 띤 무언가가 튀어나왔다!

그 무언가는 융융에게 곧장 쇄도했지만 반사적으로 움직인 테리에게 가로막혔다.

“하르르르르르르르!!”

“더, 덤벼어어어어엇!”

테리가 시간을 벌기 위해 초보자 킬러와 대치한 사이, 융융이 재빨리 마법을 영창한 후……!

"『슬리프』!"

초보자 킬러에게 지팡이를 들자 검은색을 띤 거구가 힘없이 무너지듯 쓰러졌다.

""""오오오!!""""

초보자 킬러를 손쉽게 포획하자 렉스 일행은 환성을 질렀다.

그리고 꼼짝도 하지 않는 초보자 킬러를 둘러싼 후—.

"융융이라고 했지?! 너, 실력 끝내준다! 혹시 우리 파티에 들어올 생각 없어?"

"그래. 너처럼 실력이 뛰어난 마법사는 좀처럼 없다구. 어때? 같은 여자인 내가 있으니까 그렇게 불편하지는 않을 거야."

"전원이 뇌가 근육으로 된 전위 직업인 파티니까, 마법사가 들어와 주면 엄청 도움이 될 거야."

"예엣?! 저, 저 말인가요?!"

렉스 일행이 입을 모아 칭찬하자 융융은 얼굴을 새빨갛게 붉히면서 당황했다.

그렇게 권유를 받고 싶어 했으면서 정작 권유를 받자 패닉 상태가 된 것 같았다.

융융은 도움을 요청하듯 나를 쳐다봤지만 이것도 그녀에게 있어서는 수행이 될 것이다.

이대로 내버려 두자.

"뭐, 그 이야기는 마을에 돌아가서 느긋하게 하기로 하고, 우선 이 녀석을 옮기자고."

"그래. 우리에 넣어서 마을 근처에 놔두면 악마 쪽에서 다가오지 않을까? 상위 악마라면 지능도 높을 테니까 말도 통할 거야. 메구밍도 그 악마와 대화한 적 있었지?"

"예, 지금 생각해 보니 꽤 친근한 악마였던 것 같아요. 하지만……."

초보자 킬러는 포획했다.

남은 일은 마을에 돌아가서 악마를 기다리는 것뿐이다.

"왜 그래? 혹시 신경 쓰이는 거라도 있어? ……그러고 보니 일전의 악마 토벌 때도 그렇고 이번도 그렇고, 너는 아무짝에도 도움이 안 됐잖아. 역시 입만 산 마도사인 거 아냐?"

렉스는 히죽거리면서 또 시비를 걸었다.

그의 말을 들은 순간 뇌의 혈관이 터질 뻔 했으나 쉽게 화를 내고 다짜고짜 싸움을 벌이는 것은 내 나쁜 버릇이다.

그것보다 역시 신경 쓰이는 게 있었다.

상대는 상위 악마다. 그 악마가 애타게 찾아다니던 애완동물을 잡았다고 해도 그렇게 일이 술술 풀릴까.

……그리고 전부터 위화감이 느껴졌었다.

검은 마수라는 것은 어쩌면 초보자 킬러가 아니라…….

"뭐, 아무튼 마을에 돌아가서 이 녀석을 무사히 포획한 걸 축하하기로 할까……."

내가 그런 불안을 느끼면서 렉스의 말을 듣고 있을 때였다.

"찾았다아아아아아아앗!!"

렉스의 말이 묻힐 정도로 큰 목소리가 주변에 울려 퍼졌다.

9

그 목소리에 놀라서 무슨 일이 일어난 것인지 파악하지 못한 모두가 딱딱하게 굳어 있을 때, 그것은 느닷없이 나타났다.

"이놈들! 월버그 님에게 무슨 짓을 한 것이냐아아앗!!"

칠흑빛 광택을 뿜고 있는 거대한 체구.

일전에는 두 개였던 박쥐 날개가 지금은 하나뿐이었다.

흉흉한 느낌을 자아낼 정도로 인상적인 뿔과 송곳니.

이제 와서 잘못 볼 리가 없다. 그때 봤던 상위 악마가 틀림없었다.

숲에서 마주쳤던 그 악마가 분노에 휩싸인 채 우리를 향해 돌진하고 있었다!

"어, 어이! 멈춰! 우리한테는 초보자 킬러가, 커억?!"

"으악!!"

"으윽?!"

초보자 킬러를 포위하고 있던 세 사람은 무기조차 치켜들지 못한 채 산기슭에서 튀어나온 악마에게 제압당했다.

나는 접근전이 뛰어나지 않기에 그 세 사람이 뭘 당했는지도 못 봤다.

악마에게 공격을 받고 튕겨져 날아간 세 사람은 그대로 쓰러지더니 꼼짝도 하지 못했다.

악마는 주저 없이 초보자 킬러의 곁으로 다가가더니—.

"월버그 님! 정신 차리십시오, 월버그 님!!"

어딘가에서 들어본 것 같은 이름을 필사적으로 외쳤다.

어라. ……월버그?

"저, 저기, 메구밍. 우리 지금 위기에 처한 거 맞지? 어쩌면 좋지? 저 악마가 우리를 눈감아 줄까……?"

내가 그 이름에 대해 생각하고 있을 때, 융융이 떨리는 손으로 내 옷자락을 잡아당겼다.

"쉿. 이대로 상대를 경계하면서 천천히 거리를 벌리죠."

나는 그렇게 말한 후, 아직 초보자 킬러에게 말을 걸고 있는 악마와 거리를 벌렸다.

바로 그때, 필사적으로 말을 걸던 악마가 어리둥절한 표정으로 고개를 갸웃거렸다.

흉악한 외모에도 불구하고 그런 동작이 잘 어울렸다.

"어이. ……어이어이어이, 이 녀석은 평범한 초보자 킬러잖아. 이게 대체 어떻게 된 거지?"

악마는 혼잣말을 중얼거리면서 몸을 일으키더니, 유리구슬 같은 무기질적인 눈으로 우리를 쳐다보았다.

““윽?!””

시선이 마주친 순간, 지금까지 한 번도 느껴본 적 없는 공포를 느꼈다.

이 녀석은 위험하다. 진짜로 위험하다.

눈이 한 번 마주쳤을 뿐인데도 깨닫고 말았다.

일전에 싸웠던 상위 악마, 아네스보다도 강하다.

바로 그때, 나는 문뜩 떠올렸다.

“거기 너희 둘. 이게 대체 어떻게 된 거지? 월버그 님의 냄새를 맡고 여기까지 와봤더니……. 하아, 멀리서 봤을 땐 영락없이 월버그 님처럼 보였는데 말이다.”

월버그란 아네스가 몇 번이나 입에 담았던 이름…….

“이봐, 왜 너희한테서 월버그 님의 냄새가 나는 거지? 너희는 월버그 님과 어떤 관계냐?”

그 악마는 살금살금 뒷걸음질 치는 우리를 쳐다보면서 생각에 잠겼다.

……틀림없다.

이 악마가 노리는 것은 내 사역마인 촘스케다.

역시 내 사역마답다, 같은 소리를 하면서 기뻐할 때가 아니었다.

이 상황을 어떻게든 해야만 한다……!

내가 지팡이를 앞으로 내민 채 몰래 마법을 영창하기 시작한 바로 그때였다.

악마는 거대한 체구에 어울리지 않을 만큼 날렵한 움직임으로 단숨에 거리를 좁히더니…….

"……으음, 아무래도 너한테서 냄새가 더 강하게 나는 것 같군. 그것도 밴 지 얼마 안 됐어. 오늘 아침 즈음에 밴 것 같군."

그렇게 말하면서 내 옷의 냄새를 맡았다.

흉악한 얼굴이 다가오자 무심코 도망치고 싶어졌다.

하지만 이렇게 상대가 접근한 이상, 저항조차 할 수 없었다.

악마가 몸 곳곳의 냄새를 맡고 있을 때, 나는 오늘 아침에 촘스케가 자기 몸을 나한테 비벼 댔던 것을 떠올렸다.

여관에 돌아가면 그 털북숭이에게 벌을 줘야겠다.

"어이, 무슨 말이라도 해 보지 그래? 그러고 보니 너는 전에 이 몸을 만난 적이 있지? 숲에서 나와 마주쳤던 홍마족이잖아."

악마가 그렇게 말하자 나는 허둥지둥 고개를 끄덕였다.

그 모습을 본 악마는 고개를 끄덕였다.

"그래……. 봉인이 있었던 홍마의 마을. 그리고 너희들 홍마족. 하하, 이어졌어. 드디어 전부 이어졌다고!"

뭐가 이어진 건지는 모르겠지만, 저 무시무시한 얼굴을 들이밀면 정말 무서우니 이제 그만 떨어져 줬으면 좋겠다.

참고로 옆에 있는 융융은 금방이라도 울음을 터뜨릴 것만 같았다.

"어이, 너희 둘! 홍마족인 너희는 월버그 님에 대해 뭔가 알고 있지? 잡아뗄 생각 하지 마. 분명 오늘 아침에 만났을 거다."

살기등등한 악마를 보고 위기감을 느끼면서도 나는 말했다.

"다, 당신들은 왜 우리 춈스케를 월버그 같은 괴상한 이름으로 부르는 거죠? 사람, 아니 고양이 잘못 봤어요. 뭣하면 귀여운 고양이를 구해다 줄 테니까, 더는 우리 춈스케를 쫓아다니지 좀 마세요!"

"쵸, 춈스케? 그 춈스케라는 건 대체……. 아니, 잠깐만 있어 봐. 그 이름을 어디서 들어본 적이 있는 것 같군. 대체 어디서 들었지? ……그래. 그 꼬맹이가……!"

그 꼬맹이는 대체 누구일까.

나와 융융이 꼼짝도 하지 않고 있을 때, 악마는 뭔가를 갈등하듯 고개를 저어 댄 후 한숨을 내쉬었다.

"가능하면 너희 홍마족과는 싸우고 싶지 않다. ……나중에 너희와 싸운 걸 그 꼬맹이가 알면 나를 확 물어뜯을 것 같거든. ……잘 들어. 월버그 님을 데리고 와라. 월버그 님이 누구인지 모르겠다면 오늘 아침에 만진 상대를 전부 데리고 와라. 알았지? 이건 거래다. 월버그 님을 순순히 넘겨주면 너희에게 해를 끼치진 않겠다. 물론 너희가 있는 저 마을에도 말이다."

"아, 악마가 하는 말을 믿으라는 거야?!"

겁을 먹은 탓에 지금까지 아무 말도 하지 못하던 융융은, 상대가 촘스케를 요구하고 있다는 사실을 알더니 지팡이를 쥔 손에 힘을 줬다.

"진정하고 내 말을 잘 들어라. 악마는 계약을 절대 어기지 않는다. 이것은 악마에게 있어 절대적인 규율이자 철칙이지. 게다가 이 몸은 매우 우호적인 태도를 취했다고. 뭐, 수상쩍은 마검을 든 형씨에게는 쓴맛을 보여줬지만 말이야. 하지만 그건 어쩔 수 없었어. 그 형씨는 우리 사이에서 수배 중이거든."

나는 마법을 영창하려 하는 융융을 말리며 말했다.

"수배? 이 마을에서 유명한 그 마검사가 악마들에게 수배 중이라고요?"

내 의문에 악마가 답해줬다.

"그러고 보니 아직 자기소개를 안 했군. 이 몸의 이름은 호스트. 사신(邪神) 월버그 님의 오른팔인 상위 악마 호스트다. 그리고 신조차 멸할 수 있는 마검을 쓰는 자는 어디서나 위험한 법이지."

10

융융은 말고삐를 잡아당기면서 말했다.
"저기, 그 악마와 거래할 거야?"
"……아직 모르겠어요. 하지만 그 털북숭이를 넘겨주는 것으로 해결될 문제라면 그것도 나쁘지 않겠죠."
상대는 단순한 상위 악마가 아니라 사신의 관계자다.
만약 대적한다면 우리도 그 마검사처럼 골치 아픈 상황에 처하게 될 것이다.
융융은 내 대답을 듣더니 그대로 입을 다물었다.
말이 끌고 있는 우리 안에는 렉스 일행이 누워 있었다.
우리 둘이서는 마을까지 옮길 수 없어서 우리를 사용해 옮기고 있는 중이었다.
세 사람은 아직 정신을 차리지 못했다.
실력파 모험가 그룹이 저항도 해 보지 못하고 당했다.
악마는 촘스케를 넘겨주면 우리와 마을에 해를 끼치지 않겠다고 말했다.
즉, 이 거래에 응하지 않는다면 우리는 물론이고 이 일과 아무런 상관도 없는 마을 사람들까지 해치겠다는 소리였다.
이번에는 홍마의 마을이나 아르칸레티아에서처럼 누군가가 도와줄 가능성이 없었다.
렉스 일행이 당했으니 액셀 마을에서 저 악마에게 대항할 수 있는 건—.
말이 바퀴가 달린 우리를 끄는 소리가 주위에 울려 퍼졌다.

마을 입구에 거의 당도했을 즈음이었다.

심각한 표정을 짓고 있던 융융이 입을 열었다.

"저기, 메구밍. 그런 악마의 말은 무시해도 돼. 상대는 악마잖아. 약속을 안 지킬지도 모른다구. 게다가 이 마을에는 풋내기라고는 해도 모험가들이 잔뜩 있어. 그러니까……."

언제나 위험을 감수해 가면서 누군가를 구하려 했던, 정의감이 강하고 사람 좋은 융융이 그런 소리를 했다.

이 애도 이런저런 일을 경험하며 성장한 것이리라.

그게 잘된 일인지 아닌지는 제쳐 두더라도…….

처세술이라는 것을 조금은 깨달은 것 같지만 왠지 미래에 나쁜 친구를 사귀게 될 것 같은 느낌이 들어서 걱정됐다.

아무튼 나는 융융의 말에 대답하지 않으며 입구를 통과한 후 옆을 바라보았다.

그러자 그때 그 남녀 2인조가 오늘도 힘차게 곡괭이를 휘두르고 있었다.

자신이 도망친다면 마을 정문 근처에서 일하고 있는, 믿음직하지 않지만 하루하루를 즐겁게 살고 있는 이 두 사람이 악마에게 공격 받을지도 모른다.

—지팡이를 쥔 내 손에 자연스럽게 힘이 들어갔다.

막간 극장【3막】

—각성하는 외톨이 소녀—

일전에 아쿠시즈 교도에게마저 입교를 거절당하는 말도 안 되는 사태가 발생했다.

예전의 나였다면 절망하고 말았겠지만 이미 내 지정석이 되고 만 모험가 길드의 구석 자리에서—.

"……즉, 단숨에 문제를 해결하려고 하지 말고, 원인을 찾아내서 그걸 하나하나 제거해 나가는 게 지름길이라는 건가요?"

"그렇다, 제자여. 바쁠수록 돌아가라는 말이 있지 않느냐. 차분하게 이 문제에 대처하다 보면 의외로 간단히 해결되는 법이지."

나는 스스로 선생님이라 부르며 숭배하는 분에게서 강의를 받고 있었다.

"하지만 선생님. 저는 원인이 뭔지 모르겠어요……."

내가 고개를 숙이자 선생님은 온화한 미소를 지었다.

"걱정 마라. 나와 함께 차분하게 생각해 보자꾸나. 나만 믿어라. 분명 잘될 거다. ……말을 많이 했더니 목이 마르구나. 맥주를 시켜도 되겠느냐?"

"물론이죠!"

선생님은 맥주를 주문하더니 단숨에 쭉 들이켰다.

"……푸핫~! 그런데 무슨 이야기를 하고 있었더라? 아, 그래그래. 동료가 생기지 않는다는 이야기였지."

"그래요! 저는 모르는 사람에게 말을 걸지 못하겠어요……. 대체 어떻게 하면 선생님처럼 아무에게나 편하게 말을 걸 수 있을까요?"

선생님은 이 길드에서 꽤 유명했고 지인 또한 많다.

"그건 말이지. 술기운을 빌리는 거다. 술은 참 좋지. 제자여. 술은 인생을 윤택하게 해준단다. 한 잔 더 시켜도 되겠느냐?"

"예! 하지만 선생님. 저한테는 아직 술이 이르다고 생각하는데요……. 그 외에 다른 방법은 없을까요?"

선생님은 또 맥주를 시키더니 그걸 들이켠 후 숨을 내쉬었다.

"다른 방법이라! 좋다. 잠시만 기다리거라. 이걸 다 마시면 좋은 생각이 날 것 같거든."

"선생님! 한 잔 더 하시죠!"

—한 시간 후.

"—더는 못 마시겠어……."

"선생님, 이제 그만 가르쳐주세요! 대체 어떻게 해야 저한테도 동료가 생길까요?!"

나는 술에 완전히 취해버린 선생님의 몸을 흔들면서 물었다. 그러자 선생님은 테이블에 엎드린 채 말했다.

“그런 걸 이 아저씨에게 묻지 말라고……. 맞다! 아가씨는 발육이 좋으니까, 좀 더 가슴이 드러나는 옷을 입고 색기로…….”

히죽거리면서 고개를 들던 선생님은 부르르 몸을 떨었다.

“아아아아, 아하하, 노, 농담 좀 한 거야! 이 아저씨의 말에 제대로 귀를 기울이고 있는지 알아보려고 시험해본 것뿐이라고……! 물론, 술을 사 주면 강의를 해 주겠다는 말도 농담이야! 내 술값은 물론이고 아가씨 몫도 내가 낼게!”

“그딴 건 아무래도 상관없어요!”

“히익! 자, 잘못했어요! 눈을 새빨갛게 붉히면서 화를 낼 줄은 몰랐다고요! 헛소리를 해서 죄송해요! 용서해 주세요!”

내가 테이블을 내려치자 선생님은 겁먹은 목소리로 그렇게 말했다.

하지만 내가 듣고 싶은 것은 그런 게 아니다!

“진짜로 그딴 건 아무래도 상관없단 말이에요! 왜 저한테 친구나 동료가 생기지 않는지 빨리 가르쳐달라고요, 선생님, 부탁이에요! 진짜로 곤란한 상황이란 말이에요! 부탁이에요!!”

“그그그, 그게, 그러니까……!”

감정이 격해진 탓에 눈이 새빨개졌겠지만 그런 건 내가 알 바 아니었다.

모처럼 상담 상대가 생겼으니 이 기회를 놓칠 수는 없다!

"저, 저기……. 게시판에……."

"게시판에?!"

겁먹은 선생님은 조그마한 목소리로 말했다.

"게시판에, 도, 돈을 드릴 테니 친구가 되어주세요…… 라든가…… 노, 농담, 농담이에요! 진지하게 생각해볼게요! 죄송해요!"

말을 끝까지 들어보지도 않고 내가 멱살을 잡자 선생님은 당황한 목소리로 그렇게 말하며 울상을 지었다.

"고맙습니다! 정말 좋은 생각이에요! 바로 시험해볼게요!!"

"뭐?"

나에게 멋진 아이디어를 준 선생님은 어찌 된 영문인지 깜짝 놀란 표정을 지었다.

제4장
액셀의 폭렬 아가씨

1

호스트에게 공격을 받은 렉스 일행은 다행히도 심하게 다치지는 않았다.

우리는 그들을 에리스 교회에 옮긴 후, 바로 모험가 길드로 향했다.

—자아.

"메구밍, 악마는 말이야. 엄청 악랄하고 교활하기 때문에 이 세상에서 가장 신용해선 안 되는 존재야. 메구밍도 들은 적 있지? 악마가 영혼을 대가로 소원 세 개를 들어준다는 이야기 말이야! 수많은 마법사가 소원을 이루지도 못한 채 영혼만 빼앗겼다더라구!!"

나는 이미 각오를 다졌다.

"악마 따위와 한 약속을 신용할 수는 없어. 분명 촘스케를 넘겨받자마자 바로 손바닥 뒤집듯이……!"

남은 문제는 아까부터 계속 설교를 하고 있는—.

"악마한테 있어서 메구밍은 딱 이용해 먹기 좋은 호구야! 그 악마가『어둠의 힘을 주마……』같은 소리를 하면 바로 따라가 버릴 거잖아!"

입에서 나오는 대로 지껄여 대고 있는 이 호구 아가씨를 어떻게 해줄 것인가, 였다!

나는 졸졸 따라오고 있는 융융을 향해 휙 돌아서면서 말했다.

"좀 친절하게 대해줬다고 모르는 사람을 휙휙 따라가려 하는 융융한테 그런 소릴 듣고 싶진 않아요! 아까부터 말도 안 되는 소리를 지껄여 대는군요! 저는 홍마의 마을에서 수석이었어요! 만년 2등 외톨이 아가씨가 그딴 소리 안 해도, 그 정도는 알고 있다고요!"

"마, 만년 2등 외톨이 아가씨!!"

울먹거리면서 내 목을 조르려 하는 융융을 떼어 낸 후, 나는 진정하라는 듯 손을 앞으로 내밀었다.

"지, 진정하세요! 융융은 아까부터 말도 안 되는 오해를 하고 있다고요! 그리고 외톨이 아가씨라는 말은 좀 심했던 것 같아요. 이 마을에 온 다음부터는 잘 모르는 아저씨나, 대낮부터 여성을 꼬셔 대는 오빠 같은 사람과 친분을 쌓았잖아요. 만년 2등 호구 아가씨로 랭크 업 시켜드리죠."

"……외톨이 아가씨가 나은 것 같아……."

자신의 처지를 떠올리고 양손으로 얼굴을 가린 채 엉엉 울고 있는 융융에게—.

"뭐, 이야기 좀 하죠. 그리고 당신의 교우 관계도 나중에 어떻게 해야겠어요. 이대로 뒀다간 진짜로 나쁜 친구가 생길 것 같으니까요."

나는 여전히 훌쩍이고 있는 융융을 데리고 모험가 길드 안으로 들어갔다.

"—여차여차해서, 렉스 일행도 문제의 그 악마에게 당했어요."

"""이제 어떡해애애애애앳!"""

우리 보고를 들은 길드 직원들이 아비규환 상태가 된 가운데, 나는 융융을 구석 테이블로 끌고 갔다.

"자, 보다시피 길드는 이제 도움이 되지 않는 상황이에요. 우선 현재 상황을 정리할까요?"

나는 구석 테이블에서 융융과 단둘이 작전 회의를 했다.

"현재 상황……. 이 마을에서 가장 실력이 뛰어난 두 모험가 그룹이 당했고, 희망을 걸었던 아크 프리스트도 찾지 못했어. 마왕군 간부 중 한 명인 듈라한의 활발한 활동을 경계해야 하기 때문에 나라와 다른 마을에서도 액셀에 지원군을 보내 줄 수 없잖아. 그리고 그 악마……. 호스트라고 했지? 그러고 보니 거래에 대한 답변을 언제까지 하겠다는 기한은 정하지 않았네. 뭐, 오랫동안 기다려줄 것 같지는 않지만 말이야."

융융은 침통한 표정으로 그렇게 말했다.

다른 마을의 지원을 받을 수 없는 상황에서 이대로 시간을 질질 끌어 봤자 사태가 호전될 리 없다.

그리고 희망을 걸었던 아크 프리스트도 찾지 못했다.

이렇게 된 이상—.

"이렇게 된 이상, 춈스케를 넘겨주는 수밖에 없지만……. 그것만은 절대 반대야! 나도 이 애한테 정이 들었단 말이야! 그러니까 순순히 넘겨줄 수는 없어!"

융융은 격한 목소리로 그렇게 말하면서 테이블 위에 있는 춈스케를 잡았다. 나는 그런 융융을 향해 고개를 갸웃거리며 말했다.

"……역시 오해를 하고 있는 것 같네요. 저는 거래에 응할 거라고는 말한 적 없거든요?"

"뭐?! 그, 그렇지만 마을에 돌아오는 동안 심각한 표정을 짓고 있어서……. 어, 혹시……."

"제가 협박에 굴할 리가 없잖아요. 홍마족은 남이 걸어온 싸움을 반드시 받아줘요. 이미 각오를 다졌어요. 그리고 그 각오는……. 그 악마를 쓰러뜨릴 각오예요!"

"유명한 마검사를 필두로, 렉스 씨 일행 같은 실력자들도 전부 당해버렸다구! 게다가, 그 녀석을 처음 봤을 때 그렇게 두려워했었잖아! 메구밍은 아슬아슬하게 바보가 아니니까 그 악마가 너보다 얼마나 강한지는 눈치챘지?!"

"말 한마디 한마디에 가시가 돋쳐 있네요! 그 악마가 강한 건 처음 마주쳤을 때 눈치챘어요. 그 녀석은 아네스보다 강한 악마겠죠. 하지만 저에게는 그 악마를 소멸시킬 수단이 있어요. 아니, 소문의 그 아크 프리스트를 찾지 못한 이상, 이 마을에서 그 녀석에게 대항할 수 있는 건 아마 저뿐일걸요?"

융융은 내 말을 듣더니 주먹을 말아 쥐며 입을 다물었다.

그리고 테이블을 내려치고 벌떡 일어나더니……!

"마…… 맘대로 해! 메구밍은 바…… 으윽?!"

나는 그대로 어딘가를 향해 달려가려 하던 융융의 망토를 잡아당겼다.

그 바람에 휘청한 융융이 나를 향해 고개를 돌렸다. 눈가에 눈물이 맺힌 채 당황한 표정을 지으며 기침을 하는 융융을 향해, 나는 만면에 미소를 지으며 말했다.

"……저희는 친구죠?"

"도우라는 거야?! 나한테도 도우라는 거냐구! 그리고 우리는 친구가 아니라 라이벌이야! 친구라는 말을 입에 담으면 내가 무조건 네가 시키는 대로 다 할 거라고 생각하는 거지?! 착각하지 마! 하지만 조금 기뻐하고 있는 나 자신이 미워!!"

2

나는 여전히 삐친 표정의 융융을 데리고 어떤 곳으로 향했다.

"저도 바보는 아니에요. 솔직히 말해 그런 상대와 정정당당하게 싸울 생각은 없죠. 그러니 우선 군자금을 확보하러

가요."

"……군자금? 하지만 여기는 우리가 묵고 있는……."

그렇다. 우리가 머무는 여관이다.

"좀 위험하니까, 융융은 따라오지 마세요. 이 근처에서 시간 좀 보내고 있어요."

"……뭐? 그건 괜찮지만, 위험하다니……. 저, 저기, 메구밍. 대체 어떻게 군자금을 확보하려는 거야……?!"

"그건 묻지 말아줬으면 좋겠네요. 그럼 다녀올게요!"

"자, 잠깐만! 설마, 진짜로 몸을 팔려는 건 아니지……?!"

나는 융융의 목소리를 들으면서 계단을 올라가 어느 여관 방으로 향했다.

그리고 나는 문 앞에 서서 심호흡을 했다.

각오를 다진 후, 두 번 정도 문에 노크를 하자 안에서 귀에 익은 목소리가 들려왔다.

"들어오세요~."

문을 열자, 침대에 누워서 과자를 먹고 있는 세실리의 모습이 보였다.

나는 방에 들어가자마자 두 손바닥을 맞대면서 기도하는 자세를 취하고 애절한 목소리로 말했다.

"세실리 언니야~, 용돈 줘!"

"얼마나 필요한지 이 언니야에게 말해 보렴! 뭘 살 거야?

집? 이 언니야와의 신혼집을 사고 싶은 거야? 걱정하지 마렴. 이 언니야의 넘치는 매력으로 돈 많은 모험가를 꼬셔볼게!"

나는 방에서 뛰쳐나가려는 세실리를 허둥지둥 말렸다.

"딱히 집을 사려는 건 아니에요! 그 악마를 쓰러뜨릴 건데, 그러려면 돈이 필요해서요. 그 악마를 쓰러뜨리면 천만 에리스를 줄 거라고 했죠? 조금만 가불해 주면 안 돼요?"

"으음, 내가 부탁해 놓고 이런 말을 하는 것도 좀 그렇지만 그냥 관두는 편이 낫지 않을까? 그 악마에 관한 추가 정보가 들어왔는데……. 방금 이 마을에서 1, 2위를 다투는 실력자 파티가 당해서 에리스 교회로 실려 온 것 같아."

세실리는 약간 가라앉은 목소리로 말했다.

"방금 길드에 보고했는데, 벌써 언니한테도 전해진 건가요. 이렇게 빨리 알려질 만큼 마을 사람들이 불안에 떨고 있다는 거군요……."

"아냐. 에리스 교회에 돌을 던지러 갔는데 중상자를 치료하고 있더라구. 무슨 일인지 가르쳐주지 않으면 안 돌아가겠다면서 버텼더니, 자초지종을…… 잠깐만. 아무리 이 언니야라도 이 애정 표현은 좀 괴롭거든?!"

"언니는 좀 얌전히 있어요! 상황을 더 복잡하게 만들지 말라고요!!"

"콜록……, 정말, 이게 츤데레라는 거구나. 뭐, 이런 걸 싫어하지는 않아!"

눈가에 눈물이 맺힌 세실리는 자신의 목을 졸라 대는 나를 달래며 뭔가를 건넸다.

"뭐가 츤데레라는 거예요. 적당히 좀……. 이게 뭐죠?"

세실리가 건네준 것은 묵직한 가죽 주머니였다.

"천만 에리스야."

"예?!"

세실리가 태연한 목소리로 그렇게 말하자 나는 그 주머니를 쳐다보았다.

"이, 이렇게 순순히 건네줘도 괜찮겠어요?! 제가 이걸 들고 도망칠지도 모르잖아요?!"

세실리는 내 말을 듣더니—.

"나는 이래 봬도 성직자거든? 사람 보는 눈 하나는 자신 있어."

그렇게 말하면서 부드러운 미소를 지었다.

"저, 저기, 제가 질지도 모른다는 생각은 안 해요? 아니, 그것보다 갑자기 왜 이러는 거예요? 언니가 이렇게 나오니 어떤 반응을 보여야 할지 모르겠, ……아!"

그리고 세실리는 나를 꼭 끌어안았다.

"괜찮아. 아쿠시즈교의 프리스트인 나, 세실리가 보장할게. 너라면 분명 이길 수 있어. 응, 이렇게 귀엽고 믿음직한 메구밍 양이 악마 따위에게 질 리가 없지."

"어, 언니……."

큰일 났다. 눈물이 날 것만 같았다.

실은 그런 상위 악마와 싸워야 한다고 생각하니 불안했다.

하지만 평소 한심한 꼴만 잔뜩 보여주던 이 사람이 느닷없이 따뜻한 말을 건네주자—.

"자, 열어봐. 그리고 요긴하게 쓰렴!"

눈가에 뭔가가 맺히는 걸 참으면서 묵직한 가죽 주머니를 열어보니—.

그 안에는 금화 대신 들어 있는 대량의 돌멩이와 『꽝』이라고 적힌 종이가 있었다.

"푸웁~! 왜 딱딱하게 굳어버린 거야! 눈가에 눈물까지 맺힌 채 말이야! 정말 귀엽다니깐! 아하하하, 푸하하하하, 왜 이렇게 귀여운 거야?! 안타깝게 되셨네요! 실은…… 아야야야얏, 이 언니야가 잘못했어! 좀 심했다구! 사과할 테니까 돌 던지지 마! 부탁이야!!"

…….
꼬—옥
왜 딱딱하게 굳어버린 거야! 눈가에 눈물까지 맺힌 채 말이야!
정말 귀엽다니깐!
고장

자, 열어봐.
그리고 요긴하게 쓰렴!
……
뒤적…

3

계단을 내려가 보니 아래층에서는 융융이 안절부절못하며 곰처럼 어슬렁거리고 있었다.

"융융, 뭐하고 있는 거죠? 이 근처에서 시간 좀 보내라고 했잖아요."

"메구밍! 그, 그게, 네가 의미심장한 말을 남기고 여관방에 들어가는 모습을 봤더니, 걱정이 돼서……. 잠깐만, 눈가에 눈물 자국이 남아 있잖아!!"

나는 융융의 말을 듣고 허둥지둥 눈가를 닦았다.

"이, 이건! 아, 아무것도 아니니까 신경 쓰지 마세요!"

"대체 무슨 일이 있어서 기가 센 메구밍이 울음을 다 터뜨린 거야?! 응?! 그리고 군자금은 손에 넣었어?!"

내 멱살을 잡고 흔드는 융융에게 나는 말했다.

"봐요. 천만 에리스예요……."

"대체 어떻게 해서 천만 에리스나 되는 거금을 번 건데?!"

눈가에 눈물이 맺힌 융융이 비명에 가까운 목소리로 울부짖는 가운데—.

『부탁이니까 그만하고 진정 좀 해! 실은 말이야! 메구밍 양을 믿기 때문에 장난 좀 쳐본 거야! 이번 일은 분명 메구밍 양이 해결해줄 거라고 생각했거든?! 사례금을 건넬 때 좀 놀려줄까 싶어서 일부러 준비한…… 아아아아, 그만해,

그만해, 너무 화내지 마!!』

나는 아까 세실리가 했던 말을 떠올린 후—.

"……말하고 싶지 않아요."

"메구밍이, 메구밍이 더럽혀졌어어어어어엇!"

또 이상한 오해를 한 융융에게 설명하기도 귀찮아진 나는 녹초가 된 채 여관을 나섰다.

"—저기, 메구밍. 이미 지나간 일이니까 너무 신경 쓰지 마. 그리고 돈이 필요한 건 마을을 위협하는 악마를 물리친다는 정의로운 이유 때문이잖아. 그러니까 어떤 방법으로 돈을 벌었든 간에 부끄럽게 생각할 필요 없고, 나도 너를 경멸하지 않을 거야."

………….

"응. 가장 괴로운 사람은 메구밍이잖아. 그렇게 기가 센 메구밍이 눈물까지 흘리다니, 정말……. 정말, ……흐흑."

"적당히 좀 해요! 하아, 융융은 정말 상상력이 풍부하네요!! 저는 몸을 팔지 않았어요. 그저 저에게 호의를 가지고 있는 사람이 부끄러운 소리를 하면서 저를 안았을 뿐이라고요!"

"부끄러운 소리를 하면서 안았다구?! 그, 그것도 충분히 문제라고 생각하는데, 정말 그게 다야? 메구밍이 겨우 그 정도 일로 울음을 터뜨린 거야?"

나는 융융의 말을 듣고 잠시 동안 생각한 뒤에 말했다.

"그 후에는……. 뜻밖에도 친절하게 대해 주길래 분위기에 휩쓸려서 약간 속아 넘어갔을 뿐이에요……. 속아 넘어간 저 자신이 한심해서 미칠 것 같으니까, 자세한 이야기는 안 해줄 거예요."

"역시 무슨 일 있었구나!!"

……그냥 내버려 두자.

"그것보다, 고생해서 손에 넣은 이 군자금으로 상황을 유리하게 만들죠. 저는 갈 곳이 있으니, 융융은 이걸 가지고 마도구점에 가주세요. 그리고 쓸 만한 아이템이 있으면 전부 사세요. 그 외에도 전투에 도움이 될 것 같으면 뭐든 사도 돼요. 그 후에는…… 검은 고양이 인형을 사다 주세요."

나는 그렇게 말하며 금화가 든 가죽 주머니를 융융에게 건넸다.

"뭐?! 그, 그래도 이런 거금을……!"

그리고 나는 당황한 융융에게 뒷일을 맡긴 후—.

4

"부탁이에요. 상금이 들어오면 전부 드릴게요!"

"마, 말도 안 되는 소리 하지 마! 상대는 소문의 그 악마잖아!! 마검사와 렉스 일행도 당했다고! 우리는 상대도 안 될 거야!"

다시 모험가 길드로 돌아온 나는 이곳에 있는 모험가들에게 닥치는 대로 말을 걸었다.

"아, 저 사람은! ……이름은 깜빡했지만, 당신들은 예전에 저와 파티를 짠 적이 있죠?! 그럼 제 실력도 알겠네요. 어때요? 저와 같이 악마를 쓰러뜨리지 않겠어요?!"

"이름 정도는 기억해 달라고! 그, 그리고 파티를 짠 적이 있으니까 사양하겠어. 우리도 네 마법에 휘말릴 것 같거든……."

"그, 그래. 그리고 그 마법이 빗나가면 그걸로 끝이잖아. 그런 위험한 도박을 할 수는 없어."

제, 젠장…….

"아, 거기 계신 분! 우수한 마법사가 필요하지 않으세요? 홍마족이에요! 분명 도움이 될 거예요! 그 대신……."

"어이, 우리가 그 악마를 상대하는 건 무리야! 그리고 우리는 하급 직업 멤버들만으로 느긋하게 모험가 생활을 하는 파티라고. 홍마족의 아크 위저드가 들어오면 밸런스가 무너져."

자존심을 내던지면서까지 모험가들에게 부탁을 해봤지만, 이미 나에 대한 나쁜 평판뿐만 아니라 그 악마가 얼마나 강한지도 널리 알려져서 아무도 내 제안을 받아주지 않았다.

원래 내 작전은 융융이 상대의 발을 묶을 마도구를 구해오고, 나는 호위를 담당해줄 모험가를 고용하는 것이었다.

그리고 발이 묶인 호스트를 그대로 쓰러뜨릴 수 있다면 좋았고, 설령 쓰러뜨리지 못하더라도 고용한 모험가들이 시간을 벌어주는 사이에 거리를 벌려서 일격필살을 노리는 것이다.

이 작전으로 이길 수 있을 줄 알았는데, 생각이 짧았던 것 같았다.

……바로 그때였다.

"저기—."

등 뒤에 있는 누군가가 머뭇거리면서 나에게 말을 걸었다.

"너, 융융이라는 애와 자주 같이 다니는 애지? 우리는 별다른 힘은 없지만, 혹시 괜찮다면—."

나는 그 목소리의 주인을 향해 허둥지둥 돌아서면서……!

"실력 같은 건 아무래도 상관없어요! 협력해 주시기만 해도…… 당신들이었어요?! 제가 원하는 건 모험가예요! 일반인은 위험하니까 신경 끄세요! 그리고 융융에게 접근하지도 말라고요!!"

그들은 틈만 나면 융융에게 다가가 말을 거는 술주정뱅이 아저씨와 헌팅남이었다.

내가 그들을 쫓아내고 있을 때, 길드 안이 술렁거렸다.

……무슨 일이지?

나는 근처에 있는 이들에게 슬며시 물었다.

"저기, 무슨 일이죠?"

“응? 아, 그 악마에 대한 이야기를 했더니 퇴치하겠다면서 나서는 특이한 녀석들이 있어서 말이야. 겨우 둘이서 길드를 뛰쳐나갔, 우왓?! 뭐, 뭐하는 거야?!”

정신 차리고 보니 나는 그 사람의 멱살을 잡고 있었다.

“대체 어떤 사람들이었죠?!”

“하, 한 명은 크루세이더였던가? 그리고 다른 한 명은 도적 같았는데……. 둘 다 『악마는 죽어야 마땅하다!』든가 『악마 따위가 어슬렁어슬렁 이 마을에 와? 작살을 내 주겠어!』 같은 무시무시한 소리를 하며 뛰쳐나가더라고.”

조금만 빨리 이곳에 왔다면 그 사람들에게 협력을 요청할 수 있었을 텐데……!

아, 어쩌면 그 두 사람이 악마를 퇴치해줄지도 모른다.

“아무튼, 결국 사람을 모으지 못했군요. 이거 진짜로 골치 아프게 됐네요…….”

5

“그쪽은 어땠나요? 쓸 만해 보이는 마도구가 있던가요?”

“여러 마도구점을 돌아봤어. 그리고 가게에서 추천하는 강력한 마도구를 몇 개 사기는 했지만…….”

융융이 그렇게 말하면서 내민 것은 하나같이 눈에 익은

마도구들이었다.

"……전부 홍마의 마을에서 생산된 거네요."

"……우리 마을에서 생산된 마도구는 브랜드 제품이잖아……."

고향이라면 싼 가격에 간단히 입수할 수 있는 마도구를 정가에 사는 것은 내키지 않았지만, 마을 사람들이 만든 물건이라면 품질 면에서는 안심할 수 있었다.

"그런데 메구밍은 어디 갔었어? 싸울 준비를 하러 갔던 거지?"

융융이 그렇게 말하자 나는 고개를 돌렸다.

"사람을 모아보려고 했는데……. 저기, 요즘 들어 제 명성이 너무 높아진 탓에 선뜻 나서는 사람이 없었어요……."

"명성이 높아진 게 아니라 평소 행실이 알려진 거잖아! 아무튼, 협력자가 없다는 거지? 어떻게 할 거야? 마법사는 전위가 없으면 순식간에 접근당해 목숨을 잃고 만다구!"

나는 현실 도피를 하듯 내 발치에 찰싹 붙어 있는 촘스케를 안아 들었다.

"제가 누구인지 잊은 건가요? 바로 홍마족 제일의 마법사이자, 폭렬마법을 펼치는 자! 그 어떤 악마도 접근하기 전에 일격에 해치울 수 있다고요. ……앗! 융융, 한 건 했군요! 이건 은신(隱身) 마법의 두루마리(스크롤)잖아요! 이것만 있으면 이긴 거나 다름없어요!"

“일단 사 오기는 했지만 안 통할지도 몰라. 상대는 고위 악마니까, 빛을 굴절시키는 은신 마법 정도는 한눈에 꿰뚫어 볼지도…….

융융은 말끝을 흐렸지만 아무런 작전도 없는 것보다는 나았다.

나는 그 스크롤을 품속에 소중히 넣어 뒀다.

“그리고 네가 부탁했던 검은 고양이 인형도 사왔어. 이걸 어디에 쓰려는 거야?”

나는 융융이 마지막으로 건네준 봉제 인형과 안고 있던 촘스케를 끈으로 꽁꽁 묶었다.

“뭐하는 거야?”

“이대로 잠시 놔두면 이 봉제 인형에 촘스케의 냄새가 밸 거예요. 그 다음에는 사람이 없는 평원 한가운데에 이걸 두고 은신 스크롤을 사용해서 제 모습을 감춘 후, 봉제 인형에 낚여 어슬렁어슬렁 기어 나온 그 악마에게 한 방 제대로 먹여주는 거죠.”

“그, 그렇게 생각대로 잘 풀릴까……. 저기, 아직 늦지 않았어. 이대로 다른 마을로 도망가는 게…….”

……옛날에는 그렇게 착해 빠졌던 융융이 1년도 안 돼서 이렇게 매몰찬 소리를 할 줄이야.

내가 모르는 사이에 이 애도 성장한 것이리라.

그 성장의 방향성이 올바른지는 일단 제쳐 두더라도 말이다.

나는 불안한 표정을 짓고 있는 융융에게 봉제 인형과 일체화된 촘스케를 보여주면서 말했다.

"분명 제 생각대로 풀릴 거예요. 그리고 이 뻔뻔한 털북숭이와 정이 든 건 융융만이 아니라고요."

게다가—.

"파티를 짠 기간이 짧다고는 해도, 함께 모험을 했던 사람들이 이 마을에 있잖아요. 이번 일은 저와 이 털북숭이 때문에 벌어진 거니까, 제 손으로 결판을 내겠어요!"

힘찬 목소리로 그렇게 말한 후 뒤돌아서서 여관으로 향하는 내 등을 향해, 융융이 어이없다는 목소리로 말했다.

"하아. 여전히 막무가내에, 옹고집에, 허풍쟁이라니깐."

"시끄러워요. 그러는 융융이야말로 소심한 무사안일주의자잖아요."

내가 뒤쪽을 쳐다보지도 않으며 그렇게 대꾸하자 숨을 삼키는 소리가 들려왔다.

그리고—.

"……하지만 개인주의에 매몰찼던 메구밍이 1년 동안 많이 달라졌네."

융융이 작은 목소리로 무슨 말을 중얼거린 것 같았다.

6

여관에서 저녁을 먹고 방으로 돌아간 나는 문뜩 어떤 생각이 나서 세실리의 방에 노크를 했다.

“언니, 있나요?”

“으음~? 메구밍 양? 문 열려 있으니까 들어와~.”

문을 열자 피곤해 보이는 세실리가 침대 위에 축 늘어져 있었다.

“꽤 피곤해 보이네요. 아까 저와 만난 후에 어디 놀러 갔었나요?”

“너무하네. 최선을 다하는 메구밍 양을 보고 자극을 받아서 이 언니야도 오래간만에 일다운 일을 했단 말이야.”

흐음…….

“어떤 일을 했는지 물어봐도 될까요?”

“그건 말이지. 또 에리스 교회에 가서…….”

“됐어요.”

물어본 내가 바보였다.

“잠깐만?! 이 언니야는 오늘 진짜로 최선을 다했다구! 나는 간단한 회복 마법밖에 못 쓰지만, 거꾸로 말하자면 회복 마법 하나만큼은 자신있다구! 그래서…….”

“이제 됐다고 했잖아요. 에리스 교회 앞에서 부상자가 옮겨질 때까지 기다렸다가, 손님을 가로챈 거죠?”

“메구밍 양, 너무해! 그런 짓……! 그런 짓……. ……어? 그것도 괜찮은 작전이네. 메모해 둬야지.”

"그런 건 나중에 해요. 실은 언니에게 할 이야기가 있어서 찾아왔어요."

나는 메모지를 꺼내 드는 세실리를 향해 검은 고양이 봉제 인형에서 해방된 촘스케를 내밀었다.

"한동안 이 애를 맡아줬으면 해요."

"……그건 괜찮지만, 이 애는 메구밍 양의 귀여움을 돋보이게 해 주는 마스코트잖아. 이런 애를 나한테 맡겨도 괜찮겠어?"

"마스코트가 아니라 사역마예요. 내일 격전이 벌어질지도 모르거든요. 혹시 모르니 부탁 좀 할게요."

나는 그렇게 말하면서 세실리가 드러누운 침대 위에 안고 있던 촘스케를 내려놓았다.

촘스케는 모르는 사람의 냄새가 신기한지 코를 킁킁거렸고 세실리는 그런 촘스케의 머리를 쓰다듬었다.

"그렇다면 이 언니야만 믿어. 맡고 있는 동안 이 애에게 곡예라도 가르쳐 둘게. 아, 파이어 브레스를 뿜는 고양이 같은 건 어떨까?"

"하, 하지 마세요, 이상한 걸 가르치지 말라고요! 그럼 언니."

"세실리 언니야 라고 불러 달랬잖아!"

"……세, 세실리 씨. 이 애를 부탁해요."

내가 한 발짝 양보해서 이름으로 불러주자 세실리는 일단

납득한 것 같았다.

침대 위에서 촘스케를 만지작거리고 있는 세실리의 모습을 본 후, 나는 그녀의 방에서 나왔다.

"—어?! 메구밍, 거기서 뭐해?!"

세실리의 방에서 나온 나는 어딘가에 가려 하는 융융과 딱 마주쳤다.

"이 방에 아는 사람이 묵고 있어요. 그러는 융융이야말로 이런 시간에 어디 가는 거죠?"

내가 묻자 융융은 당황한 표정으로 내 시선을 피했다.

"저, 저기, 우리도 모험가가 됐으니까, 한밤중의 술집을 살펴볼까 해서 말이야."

"융융이 불량소녀가 됐어요!"

"그, 그런 게 아냐! 그런 게 아니라구! 단순한 호기심이라고나 할까……?!"

내가 화들짝 놀라자 융융은 당황한 목소리로 그렇게 말했다.

"……그럼 저도 같이 가겠어요. 융융이 혼자서 술집에 가는 건, 하루 종일 폭렬마법을 참은 제 눈앞을 파오리 무리가 통과하고 있는 거나 다름없어요."

"가, 같이 안 가줘도 돼! 얼마 전에도 길드 술집에서 밤새도록 남아 있었는데 아무 일도 없었다구!"

융융은 내가 동행하는 걸 단호하게 거부하더니—.

"그럼 내일 봐."

그렇게 말하면서 허둥지둥 한밤중의 거리로 뛰쳐나갔다.

7

"……잠이 안 와."

내일은 결전을 치러야 한다.

그 긴장감 탓인지 좀처럼 잠이 오지 않았다.

1년 전만 해도 학교에 다니며 평온한 생활을 하고 있었는데, 대체 어쩌다 상위 악마를 상대로 싸우게 된 것일까.

지금 생각해 보니 이 1년 동안 상당한 모험을 했다.

사신의 봉인이 풀리고 그 수하들을 퇴치했나 싶더니, 그 다음에는 상위 악마 아네스와 싸웠다.

그리고 지금은 액셀 마을을 지키기 위해 악마 호스트와 싸우려 하고 있었다.

분명 앞으로 계속 모험가 생활을 하더라도 이런 엄청난 사건에 휘말리지는 않으리라.

뜻밖에도 모험가들은 하루하루를 살아갈 돈을 벌기 위해 수수한 퀘스트를 수행했다.

나를 받아줄 것 같은 특이한 파티도 없는 것 같으니 호스트와의 결전에서 무사히 승리를 거두더라도 그 다음에는…….

어둠 속에서 그런 생각을 하던 나는 이불을 머리까지 뒤집어썼다.

이래서는 안 된다. 생각이 점점 어두운 쪽으로 기울고 있었다.

역시 내일 치를 결전 때문에 마음이 약해진 걸까.

그러는 사이, 창밖이 밝아진 듯한 느낌이 들었다.

어찌 된 영문인지 오늘은 좀처럼 잠이 오지 않았다.

왠지 중요한 걸 잊고 있는 느낌이 들었다.

그게 뭘까. 자신에게 있어 매우 소중한 뭔가……. 아, 아앗!

그러고 보니 오늘은 폭렬마법을 쓰는 것을 깜빡했다!

잠이 오지 않을 만하다고 생각하면서 몸을 일으키려 한 바로 그때였다.

"『언락』."

문밖에서 속삭이는 목소리가 들리더니 잠겨 있던 방문이 열렸다.

대체 어디 사는 변태가 이런 시간에 이 방의 문을 연 걸까.

세실리일 거라고 생각한 나는 문 쪽에 등을 보이며 누워 자는 척하면서 언제든지 침입자에게 달려들 수 있도록 주먹을 말아 쥐었다.

이윽고 문이 살며시 열렸다.

"……메구밍, 자고 있지?"

귀에 익은 목소리가 들리자 나는 주먹에서 힘을 뺐다.

침입자는 융융이었다.

무슨 일로 이런 시간에 몰래 내 방에 들어온 걸까.

안 자요, 라고 말하면서 일어나도 괜찮았겠지만 나는 계속 자는 척했다.

"……메구밍은 정말 대단해. 그런 악마를 상대로 도망치려고 하지 않잖아. 나라면 분명 한숨도 못 자면서 계속 걱정할 거야."

자는 척하지 말 걸 그랬다.

저런 말을 들으니 더 일어날 수가 없었다.

내가 그런 생각을 하면서 후회하고 있을 때, 융융은 작은 목소리로 혼잣말을 계속했다.

"솔직하게 말하자면 말이야. 메구밍이 폭렬마법을 익혔을 때는 학교 수석 주제에 정말 머리 나쁜 애라고 생각했어."

지금 바로 달려들고 싶다.

"그 외에도 아르칸레티아에서 아쿠시즈 교도 사람들과 함께 바보 같은 권유 활동을 하고 있었을 땐…… 정말, 정말로……."

융융은 말문이 막히는지 말을 잇지 못했다.

……그것들은 나에게 있어서도 흑역사니까 더는 후벼 파지 말아줬으면 좋겠다.

"—하지만."

등을 돌리고 있어서 융융이 어떤 표정을 짓고 있는지는 알 수 없었다.

"하지만 폭렬마법 같은 엉터리 마법만으로 사신의 부하들을 쓸어버리고, 아네스도 쓰러뜨렸잖아. 그리고 그 악마조차 상대하려 하는 메구밍이……."

알 수 없었지만, 분명—.

"메구밍이, 지금은 멋지고, 대단하다고 생각해."

……분명 멋쩍은 표정을 짓고 있으리라.

……지금의 나처럼 말이다.

지금 몸을 일으킨다면, 자신의 혼잣말을 내가 들었다는 사실을 알고 융융에게 강렬한 트라우마가 생길 것이다.

하지만 이렇게 솔직한 말을 듣고 나만 아무 말도 하지 않는 것도—.

"하지만 메구밍도 알고 있지? 은신 마법을 쓰더라도, 폭렬마법을 쓰려고 했다간 흘러나오는 마력 때문에 위치를 들키고 말 거야."

……거기까지 생각이 미치지 않았다는 말을 이제 와서 할 수는 없었다.

내가 부끄러워 하고 있을 때—.

"그러니까, 말이야……."

융융의 목소리 톤이 갑자기 변했다.

"앞으로도 메구밍의 라이벌로 남기 위해, 이걸 좀 빌릴게."

융융은 진지한 목소리로 그렇게 말하면서 뭔가를 주워 든 것 같았다.

보이지는 않지만, 이야기의 흐름을 통해 그녀가 뭘 주워 든 것인지 예상이 되었다.

호스트를 유인하기 위해 춈스케의 냄새를 묻혀 둔 봉제 인형일 것이다.

나보다 먼저 호스트를 불러내 해치울 생각인 걸까.

하지만 융융에게는 호스트를 해치울 결정타가 없다.

아무리 융융이라도 그런 무모한 짓을…….

"실은 지금까지 모험가 길드의 술집에 있었는데……. 나, 처음으로 파티를 짜달라고 부탁해봤어."

………….

"그것도 이 마을에서 1, 2위를 다투는 모험가 파티라는 렉스 씨 일행에게 말이야. 그 악마에게 앙갚음을 하고 싶다고 부탁했더니, 그 자리에서 바로 받아줬어."

그 사람들이?

하지만 상당한 중상을 입었을 텐데…….

"혼자서는 그 악마와 싸울 용기가 나지 않았지만, 그 사람들과 함께라면……."

나는 융융의 독백을 들으면서 언제 몸을 일으킬지 계속

고민했다.

"그럼 갔다 올게."

지금이 딱 좋을 것 같았다.

방금 깬 척하면서 졸린 듯한 목소리로 인사를—.

"너는 나한테 있어 가장 소중한 친구야. 그러니까 실패할 게 뻔한 작전을 실행하게 할 수는 없어. 그러니까……."

……그 말에 뭐라고 반박할지 고민하고 있을 때였다.

"메구밍, 미안해."

융융이 작은 목소리로 사과한 순간—.

"『슬리프』."

저항조차 할 수 없을 만큼 강렬한 잠기운이 나를 덮쳐—.

8

"—윽!!"

나는 정신이 들자마자 이불을 박차며 몸을 일으켰다.

그대로 재빨리 주위를 둘러보니 창밖은 어느새 훤했다.

그리고 방금 그게 꿈이 아니었다는 걸 증명하듯, 문 옆에 놓아 뒀던 검은 고양이 인형이 사라졌다.

"한 방 먹였군요! 다른 사람도 아니고 저한테 한 방 제대로 먹였군요, 융융!!"

마음속에서 가장 먼저 끓어오른 것은 한 방 먹었다는 사실에서 비롯한 분함이었다.

나를 걱정해서 실력파 파티와 함께 호스트를 격파한다.

보통이라면 고맙게 생각할 일이지만 나에게 있어서는……!

"홍마족에게 있어서 활약할 무대를 빼앗기는 건 그 무엇보다도 큰 굴욕이에요! 이대로 넘어갈 거라고 생각하지 말라고요!!"

고함을 지르면서 지팡이를 고쳐 쥔 나는 그대로 방을 뛰쳐나가려—!

"꺄앗?!"

"윽?!"

그 순간, 문밖에 있던 세실리와 부딪칠 뻔 했다.

"언니, 미안해요! 긴급한 상황이라 서둘러야 해요!! 이야기는 나중에 해줄게요!"

"왜 그렇게 허둥대는 거야? 그리고 긴급한 상황? 무슨 일이라도 있었어?"

세실리에게 설명할 시간은 없지만 부딪칠 뻔해 놓고 자초지종을 설명하지 않는 것도 미안했다……!

급해지는 마음을 억누르면서 대략적으로 자초지종을 설명하자 세실리는 고개를 갸웃거렸다.

"저기, 메구밍 양의 친구와 함께 악마를 퇴치하러 간 모험가 파티는 렉스라는 사람이 있는 파티 맞지?"

"예? 그, 그래요. 이 마을에서 1, 2위를 다투는 실력을 지닌 사람들이라는데……."

세실리는 그 말을 듣더니—.

"내가 치료해줬어!"

환한 미소를 지으며 엄지를 치켜들었다.

"……예?"

"그러니까 내가 그 사람들을 치료해줬다구! 어제 내가 일 다운 일을 했다고 말했지? 에리스 교회에 훼방을 놓으러 갔더니, 그 사람들이 많이 아픈지 신음을 흘리고 있더라구."

왠지 불길한 예감이 들었다.

"아쿠아 님을 향한 내 신앙심은 그 자리에 있던 에리스교의 프리스트보다 강했던 것 같아. 에리스교 프리스트에게 치료를 받고도 몸조차 제대로 가누지 못하던 그들을, 에리스 교도들이 보는 앞에서 어찌어찌 싸울 수 있는 상태까지 회복시킨 거야! 그때 에리스 교도들은 분해죽겠다는 표정을 짓더라니깐!!

이 사람이 사태를 골치 아프게 만든 건가!

융융도 혼자였다면 호스트에게 도전하려고 하지 않았을 것이다.

그리고 렉스 일행 이외의 파티는 융융이 부탁해도 악마 퇴치를 도와주지 않았을 것이다.

하지만 세실리는 그저 부상자를 치료해줬을 뿐이니 불평을 할 수도 없었다!

"이럴 때가 아니에요! 저도 빨리……!"

내가 내달리려 한 순간, 세실리가 내 팔을 잡았다.

"언니, 지금은 언니와 놀아줄 때가……."

언니의 얼굴을 본 순간, 내 입에서 나오려던 말이 쏙 들어갔다.

세실리는 진지한 눈길로 나를 쳐다보며 뭔가를 중얼거리고 있었다.

이윽고—.

"여신 아쿠아의 축복을! 『블레싱』!"

세실리가 내민 손에서 부드러운 빛이 뿜어져 나왔다.

그것이 내 몸을 감싸더니…….

"회복 마법 이외에는 영창도 잘 기억 안 나지만, 그래도 발동되어서 다행이야."

세실리는 안도한 듯한 미소를 지으면서 숨을 내쉬었다.

나는 그런 세실리의 얼굴을 보고 무심코 쓴웃음을 지었다.

그리고, 이 괴짜 아쿠시즈 교도 언니에게 아주 조금 감사했다.

상황이 절박한 탓에 나 스스로도 모르는 사이, 패닉 상태에 빠져 있었던 것 같았다.

하지만 세실리 덕분에 적당히 긴장이 풀렸다.

"언니."

"이럴 때에는 언니야 라고 불러줬으면 좋겠는데……."

나는 또 쓴웃음을 지으면서 말했다.

“세실리 언니야~, 갔다 올게요.”

“다녀와!”

9

마을 밖에 펼쳐져 있는 대평원.

평소 그곳에서 펄쩍펄쩍 뛰어다니던 자이언트 토드는 눈을 씻고 찾아봐도 보이지 않았다.

“우리가 한 번 더 막겠어! 너는 방금 그 마법을 한 번 더 날려!!”

“아, 알았어요! 맡겨주세요!”

그 대신……

“막을 수 있으면 막아봐라! 이 성가신 졸개들아!!”

융융 일행이 악마 호스트와 격전을 벌이고 있었다.

“렉스, 물러나! 너는 이제 무리야!”

“맞아! 네 오른팔, 부러진 거 아냐?! 얼굴도 새파랗게 질렸잖아!”

전황은 그리 좋아 보이지 않지만 뜻밖에도 호스트 또한 멀쩡하지는 않았다.

일전에 마검의 용사와 싸웠을 때 한쪽 날개를 잃었던 호스트의 몸 곳곳에는 자잘한 상처가 나 있었다.

게다가 왠지 약해진 것 같았다.

"……젠장, 평소 같았으면 너희 같은 졸개쯤은 간단히 해치웠을 텐데……."

호스트는 렉스를 대신해 앞으로 나선 테리와 소피를 견제하면서 힘없는 목소리로 투덜거렸다.

그런 그들의 싸움을…….

"자, 어떻게 하죠. 이대로 참전해도 괜찮으려나요……."

빛을 굴절시키는 마법의 스크롤을 사용해 투명해진 나는, 약간 떨어진 곳에서 관전하고 있었다—.

컨디션이 나빠 보이는 호스트를 보니 융융 일행이 이길지도 모른다는 기대감이 생겼다.

바로 가세할까 싶었지만 이대로 지켜보는 편이 좋을지도 모른다.

왜냐하면 홍마족이기에 이런 타이밍에 끼어드는 것이 좀 그랬다.

아군이 위기에 처했을 때 돕는 거라면 몰라도, 아군이 유리한 상황에서 등장해 승리자 쪽에 편승하는 건 주저됐다.

바로 그때, 융융이 지팡이를 앞으로 내밀더니 다른 한 손으로 조그마한 돌을 힘껏 움켜쥐었다.

“『라이트닝』!!!!”

융융은 평원에 울려 퍼질 만큼 큰 목소리로 외치면서 대량의 마력을 쏟아부은 뇌격 마법을 펼쳤다.

마법을 날린 순간, 융융이 쥐고 있던 조그마한 돌이 산산조각 났고—.

“으윽?! ……아야야야야야얏! 이 마법, 아까부터 정말 성가시네! 빌어먹을, 힘을 꽤 잃어서 가능하면 마력을 쓰고 싶지는 않지만……!”

호스트는 전격 마법을 맞더니 크게 양손을 치켜들고—.

“죽어랏! 『인페르노』!”

고함을 지르며 손을 아래쪽으로 휘둘렀다!

하지만 융융은 이걸 예상하고 있었는지 지팡이를 놓더니 스크롤을 양손으로 펼치면서 앞으로 나섰다.

“『매직 캔슬러』!!”

호스트가 휘두른 손에서 뿜어져 나와야 할 마법이 나오지 않았다.

그 대신, 융융이 내민 스크롤이 새까맣게 변하고 부스러졌다.

스크롤에 봉인되어 있던 마법을 발동시켜서 호스트의 마법을 없앤 것 같았다.

융융은 발치에 떨어져 있던 지팡이를 줍더니 호주머니에서 다른 돌을 꺼냈다.

그녀가 꺼낸 돌은 바로 마나타이트였다.

내부에 마력이 담겨 있는 이 광석은 크기와 순도에 따라 가격이 천정부지로 치솟는 아이템이다.

고가의 마도구를 동원하고 있었지만 융융은 호스트와 대등하게 싸우고 있었다.

"거 되게 끈질기네! 이래서 홍마족과 싸우고 싶지 않았던 거라고!! 젠장, 마법을 날릴 거면 얼마든지 날려봐! 귀찮으니까 그냥 밀어붙여 주마!"

호스트는 짜증이 났는지 거구에 어울리지 않는 재빠른 움직임으로 단숨에 상대와의 거리를 좁혔다.

그 모습을 본 소피와 테리는 융융을 지키려고 앞으로 나섰다.

"여러분, 『F』를 쓸게요!"

융융이 그렇게 외치면서 스크롤을 꺼내 들었다.

"나는 준비됐어!"

"좋아, 써 봐!"

"언제든지 괜찮아!"

그건 렉스 일행과 미리 짜 둔 작전 구호 같은 것이리라.

"또 뭘 하려는 거냐! 아까부터 성가신 짓거리만 계속 해대기는! 무슨 수작인지는 모르겠지만 얼마든지……!"

호스트는 개의치 않으면서 돌진했다!

바로 그 순간, 렉스 일행이 눈을 가렸다.

뭘 하려는 건지 모르는 내가 눈을 부릅뜬 바로 그때…….

"『플래시』!"

융융의 고함 소리에 맞춰 강렬한 섬광이 주위를 가득 채웠다!

"흥! 우리 악마는 눈으로 사물을 보지 않아! 이 몸은 본체가 아니라 일시적인 거라고! 그런 나한테 이딴 짓거리가 통할 것 같으냐!!"

"제, 젠장! …… 흐윽?!"

"소피?! 커억!!"

방금 들린 목소리로 유추해볼 때, 렉스 이외의 전위 두 명이 쓰러진 것 같았다.

뭔가가 지면에 쓰러지는 소리가 두 번 들렸던 것이다.

"젠장, 전혀 효과가 없었나?! 분명 조그마한 비명 소리가 들린 것 같은데……!"

그 사실을 증명하듯 렉스의 비통한 목소리가 들려왔다.

참고로—.

"—윽! —으윽!!"

그가 들은 조그마한 비명 소리는 여전히 두 눈을 감싸 쥔 채 땅바닥을 굴러다니고 있는 내 입에서 흘러나온 것이었다.

섬광을 쬔 눈을 감싸 쥔 내가 부들부들 떨며 그 자리에서 몸을 웅크리고 있을 때…….

"자, 이제 둘만 남았군. 아직 남은 작전이 있느냐?"

호스트의 기세등등한 목소리가 들려왔다.

아직 따끔한 눈을 억지로 뜨자 호스트와 대치하고 있는 융융이 보였다.

그리고 그런 융융의 옆에는 왼손만으로 대검을 쥔 렉스가 서 있었다.

다른 두 명은 지면에 쓰러져 있었고 테리라는 사람은 의식을 잃은 것 같았다.

호스트의 도발에 응하듯 융융은 렉스에게 낮은 목소리로 말했다.

"렉스 씨. 마법 저항력이 높은 악마에게는 통하지 않을지도 모르지만……. 마도구가 딱 하나 남아 있어요."

"……알았어. 나는 뭘 하면 되지?"

어쩌지. 왠지 내가 나서서는 안 될 것 같은 분위기다.

긴장감에 휩싸인 두 사람은 나한테는 들리지 않을 만큼 작은 목소리로 대화를 나눴다.

"어이어이, 또 이상한 수작을 부리려는 거냐? 좋아, 어디 해 보라고! 수작을 부리다 보면 빈틈이 생기겠지. 그 수작이 실패하면 너희 둘 중 하나는 바닥을 기어다닐 거다!"

호스트는 융융을 놀리듯 그렇게 말했지만 그의 노란 눈동자에는 경계의 빛이 어려 있었다.

바로 그때, 융융은 뭔가를 꺼내 들더니—.

"……응? 매직 포션이냐!!"

호스트는 그것을 마시려 하는 융융을 향해 몸을 날렸다.
"아가씨, 뒷일을 부탁해!"
렉스는 고함을 지르며 호스트를 향해 대검을 집어 던졌다.
"윽?!"
호스트는 무기가 날아올 거라고는 생각도 못한 것 같았지만 그래도 단단한 팔로 그 대검을 쳐 냈다.
그리고 렉스를 그 팔로 두들겨 팬 순간—.
"『패럴라이즈』—!!!!!"
포션을 다 마신 융융이 혼신의 마력을 담아 마법을 펼쳤다.
융융이 펼친 것은 상대를 마비시켜 일시적으로 움직이지 못하게 만드는 마법이었다.
하지만 본체가 아니라 일시적인 육체를 지닌 악마에게 마비가—.
"흥! 홍마족이면서 모르나 보구나! 악마에게 패럴라이즈는……. ……윽?!"
기세등등하던 호스트가 갑자기 숨을 삼켰다.
"악마에게 패럴라이즈가 안 통한다는 건 알아! 이래 봬도 나는 학교 성적이 항상 학년 2등이었단 말이야!"
융융이 마신 포션은 흔히 매직 포션이라 불리는 것이다.
그것을 마시면 특정 마법의 위력이 올라가거나 마법의 효과 자체가 바뀐다.
호스트가 움직이지 못하는 걸 보면 아무래도 마법이 통한 것 같았다.

처음부터 이 포션을 사용하지 않은 것은, 융융 본인도 이게 통할지 확신하지 못했기 때문이리라.

하지만 융융은 이 도박에서 승리했다.

이제 꼼짝도 못하는 호스트의 숨통을 끊기만 하면 된다.

"쳇, 이 몸이 꼼짝도 못하다니, 대체 얼마나 강력한 매직 포션이길래? 하지만 너도 마력을 대부분 사용했을 텐데? 패럴라이즈의 효과가 유지되는 동안 남은 마력으로 이 몸을 해치울 수 있을까? 패럴라이즈의 효과는 길어 봤자 몇 분밖에 유지되지 않을 거다. 그동안에 나를 해치우지 못한다면 바로 상황이 역전될걸?"

호스트는 위기에 처한 탓인지 갑자기 말이 많아졌다.

"그래서 말인데, 오늘은 비긴 걸로 하지 않겠어? 저기 굴러다니는 세 사람을 빨리 치료해 주고 싶지? 이대로 서로가 물러선다면 패럴라이즈가 풀리더라도 오늘은 절대 너희를 건드리지 않겠다고 약속하지. 너는 믿지 않을지도 모르지만, 우리 악마는 약속만큼은 절대 어기지 않아."

하지만 융융은 악마의 말을 믿을 수 없는지 대답하지 않았다.

융융이 침묵을 지키자 호스트는…….

"……너는 학년 2등이었다면서? 그럼 우리 악마가 계약이나 약속을 어기지 않는다는 것 정도는 알 거 아냐!"

짜증과 초조함 탓에 목소리가 거칠어졌—.

"…………아냐."

바로 그때, 융융이 떨리는 목소리로 중얼거렸다.

그러고 보니 융융은 아까부터 꼼짝도 하지 않았다.

"아니라고? 뭐가 아니라는 거지?!"

호스트가 의문 섞인 목소리로 그렇게 말했다.

"……저기, 저기 말이야. 방금 거래, 받아줄 수도 있어. 그러니까, 오늘은 비긴 걸로 하자는 거 말인데……."

융융은 상기된 목소리로 그렇게 말했다.

바로 그때—.

"어이, 잠, 깐……만……."

옆에서 렉스의 목소리가 들려왔다.

"그래. 우리는 신경 쓰지 마……."

정신이 든 듯한 테리도 입을 열었다.

"……우리는 괜찮으니까……. 빨리, 해치워버려!"

소피마저 그렇게 말하면서 융융을 독려했다.

……하지만 나는 융융이 어떤 상황인지 이해하고 말았다.

"저기, 저기 말이야……."

여전히 꼼짝도 못하는 융융에게—.

"……어이. 너, 혹시……."

아무래도 호스트 또한 눈치챈 것 같았다.

"혹시, 너도 움직이지 못하는 거냐?"

그 말이 들려온 순간, 주위는 정적에 휩싸였다.

이윽고 호스트의 웃음소리만이 주위에 울려 퍼졌다.

"너, 너희 홍마족은 성가시지만, 싫어할 수가 없다니깐! 대체 뭘 어떡해야 너한테도 패럴라이즈가 걸리는 거냐고!"

호스트가 그렇게 말하면서 껄껄 웃어 대자 융융은 울상을 지으며 말했다.

"나도 몰라! 이건 마지막에 들렀던 마도구점에서 『패럴라이즈의 위력과 효과 범위를 비약적으로 늘려주는 포션이에요!』라고 말하면서 예쁜 언니가 엄청 싼값에 판 거란 말이야!"

원래라면 바보짓 좀 작작 하라고 말하고 싶었지만 나는 융융의 발치에 굴러다니는 병을 보고 머리를 감싸 쥐었다.

복용자에게도 효과가 미치는 저 정신 나간 상품은 우리 아버지가 만든 것이다.

"휴우, 실컷 웃었네. 그런데 어떻게 할 거지? 아앙? 이 몸은 네 말대로 신용할 수 없는 악마인데 말이다. 거래를 할 거냐, 말 거냐? 자, 꼼짝도 할 수 없는 이 몸의 숨통을 끊지는 않을 것이냐? 실컷 웃게 해준 답례 삼아 거래에 응한다면 그냥 보내 줄 수도 있거든?"

호스트는 여전히 꼼짝도 못하는 상태에서 놀리는 어조로 그렇게 말했다.

아까까지는 위세가 좋던 렉스 일행도 뭐가 어떻게 된 것인지 알고 아무 말도 못하는 것 같았다.

—슬슬 나서볼까.

"으으~. 싸, 싸워보잔 거야?! 호, 홍마족은 걸어온 싸움을 반드시 받아줘! 설령 이길 수 없는 상대……일지라……도……?"

울먹거리면서 그렇게 말하던 융융이 갑자기 입을 다물었다.

"우왓?! 너, 너, 어디서 튀어나온 거냐?!"

그리고 스크롤의 효과가 해제되어 갑자기 모습을 드러낸 나를 본 호스트는, 꼼짝도 할 수 없는 몸을 더욱 경직시키면서 깜짝 놀랐다.

"여러분은 움직일 수 없나 보군요."

나를 따돌리고 자기들끼리 판을 벌린 벌이다.

"안녕하세요. 지나가던 대마법사예요. 저를 따돌리고 꽤나 흥겨운 시간을 보내고 있군요."

10

"너, 넌! 그때 그 입만 산 마도사! 어이, 꼬맹이! 네가 무슨 대마법사야! 이런 데서 뭐하고 있는 거냐고! 위험하니까 빨리 도망쳐!!”

부상 때문인지, 패럴라이즈 때문인지는 모르겠지만 지면에 쓰러진 채 꼼짝도 하지 못하고 있는 렉스가 초조한 목소리로 나에게 경고했다.

“……메구밍?”

손가락 하나 까딱할 수 없는 융융은 혼날까 봐 겁먹은 어린애처럼 내 안색을 살피며 머뭇머뭇 입을 열었다.

나는 그런 융융을 무시하며 입을 열었다.

“어젯밤에 오늘은 폭렬마법을 쓰지 않았다는 게 생각나서 일어나려고 했더니, 누군가가 슬리프 마법을 건 탓에…….”

“윽?! 깨깨깨깨, 깨어 있었어?! 자, 잠깐만?! 혹시 그때, 깨어 있었던 거냐구!”

나는 호스트를 향해 쥐고 있던 지팡이를 내밀었다.

“……아깝게도 어제 몫의 마력이 그대로 남아버려서……. 어딘가에 적당한 표적이 없나 싶어 찾아다니다 보니…….”

“어어, 어이, 너, 눈이……! 자, 잠깐만! 알았어. 일단 진정해! 응?! 진정 좀 하자고!”

호스트가 상기된 목소리로 고함을 질러 대는 가운데—.

“저기, 메구밍?! 부탁이야! 대답해줘! 대체 언제부터 깨어 있었어?! 응?! 어젯밤 어느 부분부터 듣고 있었냐구!”

눈가에 눈물이 잔뜩 맺힌 융융이 고함을 질렀다.

“언제부터 깨어 있었냐고요? 뭐, 방문을 언락으로 연 후,

『메구밍, 자고 있지?』 하고 말한 부분부터죠.”

“싫어어어어어어! 꺄아아아아아아!”

융융은 그 말을 듣더니 얼굴을 새빨갛게 붉히면서 비명을 질렀다.

이 자리에서 도망치고 싶은 것 같지만 패럴라이즈의 효과 때문에 그러지 못하는 것 같았다.

“자, 남이 깨어 있는데도 불구하고 부끄러운 혼잣말을 해대고, 자기 자신한테도 패럴라이즈를 건 제 푼수 동족을 당신이 괴롭힌 건가요.”

“꺄아아아아아아! 그만해! 이제 그만하라구! 내가 잘못했어! 그러니까 그만해! 슬리프로 메구밍을 재우고서 저 악마와 전투를 벌인 것 때문에 화난 거야? 아니면 멋대로 봉제인형을 가져가서?! 사과할 테니까 그만해!!”

“아무도 듣고 있지 않을 때는 『메구밍이, 지금은 멋지고, 대단하다고 생각해』 같은 소릴 할 정도로 쪽팔리는 애지만…….”

“꺄아아아아아아! 안 돼애애애애애애애!”

“『너는 나한테 있어 가장 소중한 친구야』……. 그런 말을 들었으니 저도 입 다물고 있을 수는 없죠!!”

“죽여줘! 몸이 굳어서 도망치지도 못하고, 자살도 못하니까 그냥 편하게 해줘!! 더는 얼굴 들고 못 살아! 그냥 확 죽여달라구!”

정신이 붕괴되기 일보 직전인 융융이 울부짖는 가운

데…….

호스트는 마치 즐거운 듯 우리를 응시하고 있었다.

그리고 지금까지 입을 다물고 있던 렉스가 쓰러진 채 고함을 질렀다.

"어이, 입만 산 마도사! 농땡이 좀 그만 치고 빨리 어떻게……. ……어? 뭐, 뭐야? 대체 뭘 하고 있는 거냐고!"

그야 뻔 했다.

나는 융융에게 마인드 어택을 날리는 와중에도 마력을 연성하고 있었던 것이다.

"제 마법은 원래 마력을 모으는 데 시간이 걸리거든요. 그러니 이 상황은 저에게 딱 좋죠."

"지금보다도 더 마력을 모아야 한다는 거냐? 나도 꽤 오랫동안 살아왔지만, 이 정도로 무시무시한 마력을 느껴본 적은 몇 번 없다만……."

호스트는 체념한 듯한, 그리고 약간 즐거운 듯한 목소리로 말했다.

"지금 제가 쓰려는 것은 제 필살기예요. 당신의 동료인 아네스를 쓰러뜨린 필살 마법이죠."

"……오호라, 네가 그 녀석을 해치운 거냐. 하긴, 이 마력 규모로 볼 때 그 녀석이 견뎌 낼 수 있을 리가 없지."

어제 폭렬마법을 쓰지 않았기에 오늘은 평소보다 마력이 더욱 샘솟았다.

완전히 연성되지 못한 마력이 흘러나오더니 전기를 발생시키며 주위의 공기를 뒤흔들었다.

"이, 이게 뭐야……. 어이, 이게 뭐냐고……. 오랫동안 모험가로 살아왔지만, 이런 건 본 적이 없어……."

렉스는 망연자실한 목소리로 그렇게 말하며 주위를 둘러보았다.

"너, 대체 뭘 하려는 거야? 진짜로 말뿐인 마법사가 아니었던 거야……?"

렉스는 새파랗게 질린 얼굴로 나를 쳐다보며 공포에 질린 목소리로 물었다.

나는 그 질문에 대한 답이라는 것처럼 입가에 쓴웃음을 머금으며 말했다.

"갑니다. 제 필살의, 폭렬마법!!"

호스트는 폭렬마법이라는 말을 듣더니 인간처럼 깊은 한숨을 내쉬었다.

……얼굴이 악마처럼 생겨서 표정을 알아볼 수는 없었지만, 왠지 쓴웃음을 짓고 있는 것 같았다.

"하아……. 몸만 멀쩡했다면 견뎌 낼 수 있을지도 모르거든? 어제 말도 안 될 정도로 튼튼한 크루세이더와 도적한테 습격을 당했다고."

여전히 꼼짝도 못하는 상태에서—.

"그리고 그때 부상당한 걸 앙갚음할 셈으로 마을을 습격하려고 했는데……. 성벽 공사를 하던 이상한 여자가 무시무시한 파마(破魔) 마법을 날리지 뭐야…….”

호스트는 마치 푸념하듯 독백을 한 후—.

“《잔기(殘機)》가 하나 줄겠군. 월버그 님과의 계약도 강제해제되어 자유로워지겠는걸. ……큰일 났네. 이러다 진짜로 그 꼬맹이에게 소환당해 사역당할 것 같아.”

그런 영문 모를 소리를 싫지 않은 기색으로 중얼거렸다.

“……『익스플로전』—!!!!!”

“젠장, 이 마을은 어떻게 되어먹은 거야! 이상한 놈들투성이에 하나같이 골 때리잖아! 물론 이딴 마법을 사용하는 너도 그 중 한 명이라고! 빌어먹을—!”

11

호스트를 격파하기는 했지만 마력을 다 쓴 나를 비롯해 융융 이외의 전원이 꼼짝도 할 수 없었다.

그리고 모험가 길드에서 온 사람들이 이 자리에 있던 이들을 들것으로 옮기는 사태가 어제 벌어졌었다.

그리고 지금—.

“믿었어! 응, 믿고 있었다구, 메구밍 양! 이 언니야는 네가 이길 거라고 믿었단 말이야!!”

여관 입구에서 나를 꼭 끌어안은 세실리가 나와 볼을 마구 비벼 댔다.

옆에서 융융이 쳐다보고 있어서 그런지 좀 부끄러웠다.

"저기……, 언니."

"언니야 라고 불러! 어제는 언니야 라고 불러줬었잖아!"

"언니. 저기, 더우니까 슬슬 떨어져줬으면 좋겠는데요……."

"정말 츤데레라니깐!"

세실리는 영문 모를 소리를 하고 겨우 나에게서 떨어졌다.

그리고 내 얼굴을 지그시 쳐다보면서 히죽거렸다.

"그런데 메구밍 양. 진짜로 상금을 전부 다 줘도 괜찮겠어?"

그렇다. 호스트를 퇴치하고 받은 보수는 전부 렉스 일행에게 줬다.

애초에 호스트가 이 마을 근처의 숲에 온 건 바로 나 때문이었다.

뭐, 정확하게 말하자면 내 발치에 찰싹 붙어 있는 이 털북숭이 때문이지만 말이다.

"괜찮아요. 저는 마지막에 결정타를 날린다는 가장 맛있는 부분을 독차지했으니까요. 그 악마와 격전을 벌이며 거기까지 몰아넣은 사람은 제가 아니잖아요."

"실은 돈 욕심이 나면서도 허세를 부리는 메구밍 양도 귀여워!"

"고고, 고집부리는 거 아니에요! 진짜거든요?! 렉스 일행이 저 때문에 다친 거라는 생각이 든 것뿐이라고요!"

"정말 솔직하지 못하다니까! 하지만 그런 점도 싫지는 않아!"

기분이 고양된 세실리가 고함을 지르면서 또 끌어안자 나는 쓴웃음을 지었다.

"……자, 그럼 아쉽지만 슬슬 가봐야겠네."

세실리는 그렇게 말하면서 입구에 놓인 짐을 어깨에 짊어졌다.

"아르칸레티아에 돌아가는 건가요?"

내가 묻자 세실리는 장난을 꾸미고 있는 악동 같은 표정을 지었다.

"아니, 나는 이대로 여행을 떠날 거야! 이번 일을 통해 회복 마법만 쓸 줄 알아서는 안 된다는 걸 절실하게 깨달았거든! 원래 까불다가 다칠 때가 많아서 회복 마법을 익힌 거였지만, 이번에 메구밍 양에게 블레스를 걸어주면서 생각했어. 단순한 미인이 아니라, 실력파 미인 프리스트라는 직함이 좋을 것 같다고 말이야!"

진짜 아무래도 상관없는 이야기였다.

"게다가 일정 레벨 이상의 프리스트가 되면 마음에 드는 마을의 지부장으로서 교회를 경영할 수도 있다구!"

역시 아무래도 상관없는 이야기다.

"……언니, 혹시 이 마을에 파견되는 게 목적이에요?"
"비밀이야!"
……진짜로 그게 목적인 것 같았다.
"뭐, 그러니까 내가 없어서 쓸쓸하다고 울지는 마."
"안 울어요. ……하지만 언니도 조심하세요. 입 다물고 있으면 미인이니까, 나쁜 남자에게 걸려들지도 모르잖아요."
"그건 내가 할 말이야! 잘 들어. 파티는 잘 골라야 해!!"
세실리는 그렇게 말한 후, 나타났을 때와 마찬가지로 느닷없이 사라졌다—.

그 모습을 쭉 지켜보고 있던 융융이 평소와 달리 진지한 표정을 지으며 말했다.

"저기, 메구밍. 마을 밖까지 같이 나가지 않을래?"

—마을 밖의 평원에는 호스트를 보고 겁을 먹어서 모습을 감췄던 자이언트 토드들이 힘차게 돌아다니고 있었다.
그런 개구리들을 쫓아다니는 모험가의 모습을 평원 곳곳에서 볼 수 있었다.
"여기면 괜찮겠네."
앞장서서 걷던 융융이 갑자기 걸음을 멈췄다.
그리고—.

“내 호적수이자, 홍마족 제일이라는 이명(異名)을 지닌 자, 메구밍!”

융융은 볼을 붉히면서 나를 손가락으로 가리켰다.

“내 이름은 융융! 아크 위저드이자 중급 마법을 사용하는 자, 이윽고 홍마족의 족장이 될 자! ……나는 지금부터 여행을 떠날 거야. 상급 마법을 익히기 위한 여행을 말이야. 그리고 라이벌인 너를 쓰러뜨릴 거야!”

“……저번에는 저를『너는 나한테 있어 가장 소중한 친구』―.”

“우와아앗! 아무것도 안 들려! 아무것도 안 들린다구!”

눈가에 눈물이 맺힌 융융의 얼굴이 새빨개졌다.

“…………혹시 부끄럽기 그지없는 소리를 한 탓에, 그때 일이 머릿속에서 흐릿해질 때까지 여행을 하려는 건가요?”

“그딴 짓을 할 정도로 나는 머리가 나쁘지 않아! 그러니까, 저기, 쬐, 쬐끔…… 그러니까……. 아, 아무튼!”

이번에는 지팡이를 꺼내 들더니 나를 향해 그것을 내밀었다.

“내가 상급 마법을 익히면, 그때야말로 결판을 내자! ……분하지만 결국 메구밍이 그 악마도 쓰러뜨렸잖아. 지금의 내가 너를 이길 수 없다는 건 인정할게. 이대로 같이 있다간 메구밍을 넘어서는 건 힘들 것 같아.”

“힘들고 자시고 간에, 저와 융융의 지금까지의 전적은 거의 제 전승 아니었던가요?”

"시, 시끄러워! 진지한 이야기를 하고 있으니까 쓸데없이 태클 걸지 마! 아무튼 어떻게 할 거야?! 내가 상급 마법을 익히면, 제대로 결판을 낼 생각이 있어?!"

융융은 울상을 지으며 아우성치듯 외쳤다.

나는 그런 융융을 쳐다보며—.

"좋아요. 그때는 정정당당하게 결판을 내죠."

그렇게 말한 후, 몇 안 되는 친구를 향해 미소 지었다.

막간 극장【종막】

―홍마족의 우두머리가 될 자!―

메구밍과 헤어진 내가 액셀 마을을 떠나고 2주가 흘렀다.

그동안 마을 두 곳을 거쳤지만, 그곳에서도 동료를 구하진 못했다.

……솔직히 말하자면 동료를 모으는 것은 반쯤 포기했다.

왜냐하면 어느 정도의 실력만 있으면 혼자서 몬스터와 싸우는 편이 빠르게 레벨을 올릴 수 있기 때문이다.

게다가 나는 홍마족 제일의 마법사를 목표로 삼고 있다.

메구밍을 따라잡는 것이 아니라, 넘어서고 싶은 것이다.

그러기 위해서는 다소의 위험을 감수해야 하고 한 수 위의 몬스터와도 싸워야 한다.

그러니 안이하게 동료를 구할 수도 없는 것이다……!

―나는 흔들리는 승합 마차 안에서 그런 말을 몇 번이나 되뇌었다.

……어쩌지. 눈물이 날 것 같았다.

여신 에리스 님. 거짓말이에요. 죄송해요. 역시 동료를 만들고 싶어요. 믿음직한 동료가, 가능하면 인간 동료가, 아뇨. 이제 그냥 말만 통하면 돼요. 그러니까 같이 모험을 할 동료가……!

바로 그때, 옆에서 누군가의 목소리가 들려왔다.

"저, 저기, 너 괜찮니? 아까부터 고개를 마구 흔들어 대면서 안절부절못하는 것 같던데, 혹시 몸이 안 좋아?"

나는 심각하게 고민에 잠긴 나머지, 나도 모르게 그런 기행을 벌이고 있었던 것 같았다.

나는 걱정해준 언니를 향해 손을 내저었다.

"괘, 괜찮아요. 조금 고민을 한 것뿐이거든요! 죄송해요! 이상한 행동을 해서 죄송해요!"

그리고 얼굴이 달아오르는 것을 느끼며 허둥지둥 그렇게 말했다.

그 언니는 부드러운 미소를 짓더니…….

"그래? 보아하니 여행 중인 마법사 같은데. 그래도 너무 무리하지 마."

그렇게 말하면서 나에게 뭔가를 건네줬다.

그것은 포장되어 있는 쿠키였다.

"저, 저기……."

"그거, 정말 맛있어. 먹어봐."

그 언니는 당황한 나에게 그렇게 말하면서 미소 지었다.

"고, 고마워요."

쿠키…….

그러고 보니 메구밍과 함께 액셀 마을에 가기 위해 탔던 승합 마차에서도 아이를 데리고 있던 아주머니가 과자를 줬었다.

내가 그 과자를 손에 쥔 채 추억에 잠겨 있을 때—.

"어머. 너, 눈이……. 혹시 홍마족이니?"

언니는 눌러쓰고 있던 후드를 벗고 내 눈을 쳐다보면서 그렇게 말했다.

인상적인 노란색 눈동자를 지닌 붉은색 단발머리의 언니는 내 눈을 쳐다보면서 그리움에 젖어 있었다.

"아, 네! 저는 홍마족의, 그러니까…… 내, 내, 이름은……."

"돼, 됐어. 말하기 좀 그러면 이름은 안 밝혀도 돼! 홍마족은 하나같이 특이한 이름을 지녔다는 건 나도 알아!"

내가 자기소개를 하려 하자 그 언니는 허둥지둥 말렸다.

……정말 좋은 사람이다. 아니, 오랜만에 상식적인 사람을 만난 것 같은 느낌이 들었다.

오늘은 손님이 적은 건지 이 마차에는 나와 이 언니만 타고 있었다.

"그런데 뭐가 그렇게 고민이니? 이 언니가 상담 상대가 되어줄까?"

그 언니는 잘 먹겠습니다, 하고 말한 후 과자를 먹고 있는 나를 향해 미소를 지었다.

“제, 제 고민, 말인가요……. 저기, 좀 부끄럽지만…….”

나는 초면인 그 언니에게 지금까지 있었던 일을 전부 털어놓았다.

친구와 함께 홍마의 마을을 떠나 액셀 마을로 향했으며, 파티 멤버를 모집하기 가장 좋다는 그곳에서도 결국 동료를 얻지 못했다.

언젠가 친구를 뛰어넘기 위해, 오랫동안 함께 해 온 그 친구와 헤어져 이렇게 여행을 하고 있다는 사실을 말이다.

그 언니는 내 말을 듣더니 잠시 동안 눈을 감았다.

“……그랬구나. 실은 오랫동안 내 밑에 있었던 부하들도 연달아 이 세상을 떠났단다. 작별이라는 건 정말 견디기 힘들지.”

그렇게 말한 그 언니는 약간 쓸쓸한 미소를 지었다.

분명 이 언니에게도 이런저런 일이 있었던 것이리라.

“저, 저기……. 그러니까, 삼가 명복을 빕니다…….”

“아, 괜찮아. 잠시 동안 작별한 거지, 그 애들과 두 번 다시 못 보게 된 건 아니거든. 그것보다…… 너는 이제부터 어디에 갈 거니?”

“저 말인가요? 으음, 깊이 생각해 보지는 않았지만, 빨리 레벨을 올리고 싶으니 강한 몬스터가 나오는 지역에 갈까 해요.”

그 언니는 내 말을 듣고 고개를 끄덕였다.

“그럼 이대로 나와 같이 가지 않을래? 이제부터 어떤 마을에서 머물며 탕치[#2]를 할 생각인데, 때때로 같이 모험해줄게. 이래 봬도 이 언니는 꽤 강한—.”

“같이 갈게요.”

내가 말을 끝까지 듣지도 않고 그렇게 말하자, 언니는 약간 당황한 반응을 보였다.

“그, 그래? 저기……. 이 언니가 가려는 곳은 아르칸레티아라는 마을인데…….”

“아.”

모처럼 제안을 받았는데 하필이면 아르칸레티아라니…….

그 사람들이 있는 마을에 또 가는 건…….

“왜 그래? 아르칸레티아에서 무슨 일 있었어?”

“으……. 아니, 그게……. 실은 그 마을에 들렀다가 마왕군의 관계자가 일으킨 사건에 휘말렸었어요.”

내가 마왕군이라는 말을 입에 담자 그 언니의 낯빛이 변했다.

“마왕군 관계자가……? **하지만, 아르칸레티아 쪽의 계획은 한참 후에 실행할 예정인데…….**”

그리고 그 언니는 잠시 동안 생각에 잠긴 채 작은 목소리로 혼잣말을 한 후, 나에게 말했다.

#2 탕치(湯治) 온천에서 목욕을 해서 병을 고침.

"그 마왕군이 아르칸레티아에서 무슨 짓을 했는데?"

"으음. 마을의 온천수를 전부 우뭇가사리 슬라임으로 바꾸는 파괴 공작을 벌였어요……."

"그, 그게 무슨 소리야……?! 저기, 진짜로 마왕군 관계자가 그런 짓을 한 거야? 그렇게 어처구니없는 파괴 활동은 들어본 적이 없는데."

"그 사건 발생 당시 여자 악마가 마을에서 목격됐어요……. 그 사실을 안 아쿠시즈 교단 사람들이『이건 틀림없이 마왕군 짓이다. 아니, 이 마을에서 일어난 나쁜 일은 전부 마왕군 짓인 걸로 하자』고……."

"그게 무슨 소리야?!"

그 언니가 내 어깨를 움켜잡으며 그렇게 말했지만 나도 아는 건 그게 다였다.

"아무튼 이런저런 일이 있었기 때문에, 가능하면 그 마을에는 가고 싶지 않아요……. 그리고 언니도 조심하세요. 그 마을에는 이상한 사람들이 많거든요."

"방금 너의 이야기만으로도 충분히 이해했어. 고마워."

—바로 그때, 승합 마차의 속도가 줄더니 이윽고 멈췄다.

"벌써 마을에 도착한 것 같아. 그럼 너와는 여기서 작별이구나. 나는 아르칸레티아행 마차로 갈아타야 하거든."

그 언니는 아쉽다는 듯 한숨을 내쉬며 자리에서 일어났다.

"저, 저기……. 모처럼 권유해 주셨는데 거절해서 죄송해요. 실은 남에게 권유를 받은 적이 거의 없어서요. 저는 아마 언니를 평생 잊지 못할 거예요."

"이, 잊어도 되거든?! 너는 마력이 강한 것 같으니 가르치는 보람이 있을 것 같아서 약간 흥미가 생긴 것뿐이야! 그렇게 심각하게 받아들이지 않아도 돼!"

그 언니는 당황한 목소리로 그렇게 말한 후, 나를 향해 상냥한 미소를 지었다.

"수행도 중요하지만 친구를 늘리는 것도 수행 못지않게 중요해. 그러니까 둘 다 열심히 하렴. 안 그러면 마왕이 되고 말 거야."

그렇게 말하면서 마차에서 내린 그 언니는 나를 향해 손을 흔들었다.

언니를 내려준 마차는 천천히 달리기 시작했다.

마차 창문 밖으로 얼굴을 내민 나는 그 언니를 향해 손을 흔들면서 방금 들은 말을 마음에 새겼다.

『안 그러면 마왕이 되고 말 거야.』

그것은 누구나 알고 있는 이야기다.

너무나도 강하고 독특한 이름을 지닌, 항상 고독했던 마왕에 대한 이야기다.

자신처럼 고독한 마왕이 되지 않도록, 자신의 자식들에게는 강력하기는 하지만 혼자서는 아무런 의미도 없는 특수한 힘을 부여한 마왕의 이야기였다.

하지만 괜찮다.

나에게는, 뭐, 그러니까, 동료라고나 할까, 친구라고나 할까, 절친이라고나 할까……. 그렇다. 라이벌, 라이벌이 있다.

—언젠가 그 애를 넘어선 후, 홍마족의 우두머리가 되는 것이다……!

그 언니를 쳐다보면서 결의를 다지던 나는 어떤 사실을 눈치챘다.

"저 언니의 이름을 물어보는 걸 깜빡했어!"

에필로그

—내 이름은 메구밍.

홍마족 제일의 마법사이자, 폭렬마법을 펼치는 자.

또한 사신의 부하를 격퇴하고, 상위 악마를 두 마리나 쓰러뜨린 자.

"전위 직업 자리가 딱 세 자리 비어 있습니다~!"

"짭짤한 고블린 퇴치 퀘스트를 할 건데, 참가할 생각 있는 프리스트 없어~? 딱 한 명만 모집한다고!"

그런 내가—.

"배, 배고파……."

지금, 굶어 죽을 것 같았다.

모험가 길드 구석에서 나는 오늘도 새로운 파티 모집 용지가 게시판에 붙기만을 기다리고 있었다.

어쩌다 이렇게 된 것일까.

모험가 길드에서 준 상금을 렉스 일행에게 양보했지만 내가 호스트를 쓰러뜨렸다는 사실은 모험가들에게도 알려졌을 것이다.

그런데 왜 아무도 나를 파티로 맞이하려 하지 않는 것일까.

융융이 여행을 떠날 때, 세실리에게서 가불했던 군자금 중 남은 돈을 작별 선물이라며 그녀에게 전부 줬다.

그럴 만도 했다.

당시에는 어차피 악마를 퇴치한 나를 수많은 파티에서 모셔가려 할 테니 돈이라면 얼마든지 벌 수 있을 거라 생각하고 있었다.

하지만 뚜껑을 열고 보니 요 모양 요 꼴이었다.

"여어, 이런 데서 뭐하고 있는 거야? 여전히 파티를 못 구했나 보네."

테이블에 힘없이 엎드려 있는 나에게 누군가가 말을 걸었다.

그 사람이 누구인지는 목소리만으로도 눈치챘다.

렉스였다.

"무슨 일이죠? 상처는 다 나았나요? 아, 혹시 저를 놀리러 온 건가요? 아니면 싸움을 걸러 온 건가요? 지금 저는 배가 고파서 엄청 예민해져 있으니, 기쁜 마음으로 싸움을 받아 줄 거예요. 홍마족은 걸어온 싸움을 반드시 받아주죠."

"아, 아냐! 너한테 싸움을 걸 리 있겠냐! 봐, 봐달라고! 그럴 생각은 눈곱만큼도 없어!"

내가 고개도 들지 않은 채 그렇게 말하자 렉스는 당황할 대로 당황했다.

"……어이. 들어갈 파티가 없다면 말이야. 우리 파티에라도 들어오지 않겠어?"

그리고 그는 밥이라도 같이 먹자고 말하는 것처럼 가벼운 말투로 그런 소리를…….

나는 그 말을 듣자마자 렉스의 허리띠를 움켜잡았다.

"방금 뭐라고 했죠?!"

"우왓?! 우리 파티에 들어오지 않겠냐고 물어본 것뿐이야. 우리 파티는 이래 봬도 꽤 이름이 알려졌거든. 그러니까 엄청난 마법을 사용하는 네가 활약할 무대를 만들어줄 수 있을걸?"

엘리트 파티가 나를 영입하려 하다니……!

"자세하게! 자세하게 이야기해 주세요!"

"으, 응. 그러니까 말이야. 이 마을 근처에 있는 몬스터 중에는 우리 상대가 될 만한 녀석이 없거든. 그래서……."

렉스는 엄지로 길드 입구를 가리켰다.

그곳에는 여행 준비를 마친 소피와 테리가 있었다.

…….

"우리는 이제부터 격전지인 왕도에 가서 돈 좀 벌어볼 생각이야."

그 이야기 자체는 매우 매력적이었다.

"거기에는 강적도 있고, 적들의 숫자도 많아. 그러니 하루에 한 번만 마법을 쓸 수 있는 너도 분명 대활약할 수 있을 거야."

장래를 생각한다면 이대로 렉스 일행을 따라가는 편이 좋을 것이다.

하지만—.

"왕도 말인가요. 하지만 저는 레벨이 낮아서 조금 버거울 것 같아요."

나는 그렇게 말하며 렉스의 허리띠를 놨다.

"뭐어?! 무슨 소리야. 네가 버거우면 우리는……!"

"게다가."

나는 렉스의 말을 끊으며—.

"아직 잠시밖에 지내지 않았지만, 이 마을이 조금 마음에 들었거든요."

그렇게 말한 후, 렉스를 향해 미소 지었다.

"……이상한 녀석이네. 뭐, 괴짜가 많은 이 마을이 너한테 어울리기는 해."

렉스는 농담조로 그렇게 말하면서 씨익 웃었다.

"뭐, 그럼 우리는 이만 간다. 마왕군 간부가 활발하게 활동하고 있다는 소문이 있으니까, 빨리 왕도에 가서 우리 이름을 널리 알려주겠어."

렉스는 그렇게 돌아서더니 어깨 너머로 나를 향해 손을 흔들고 동료들의 곁으로 향했다.

그런 그를 배웅한 후 잠시 동안 말로 형용할 수 없는 감동에 젖어 있을 때, 나는 문뜩 깨달았다.

아차. 폼 잡을 때가 아니었다!

하다못해 밥 한 끼라도 얻어먹을 걸 그랬다……!

하지만 이제 와서 후회해 봤자 소용없었다.

나는 어쩔 수 없이 멤버 모집 용지가 붙어 있는 게시판으로 향했다.

어차피 새로운 종이가 붙어 있을 리는 없겠지만 말이다.

—아아, 배고프다.

많은 걸 바랄 때가 아니었다.

이렇게 되면 멤버를 모집하고 있는 파티를 찾아가서 가입은 무리더라도 밥이나 얻어먹자.

—하지만 바로 그때, 나는 처음 보는 모집 용지를 발견했다.

그 종이에는 상급 직업만 모집한다고 적혀 있었다.

풋내기밖에 없는 이 마을에선 보기 드물게 도전 정신이 투철한 모집 조건이지만 나라면 이 조건에 부합된다.

하지만 『현재 멤버는 애송이 최약체 직업 한 명, 엄청 우수한 미인 아크 프리스트 한 명』이라는 부분이 매우 신경 쓰였다.

나에게 불길한 예감을 느끼게 하다니 정말 대단했다.

우수한 미인 아크 프리스트라는 말을 당사자가 직접 적었다는 점이 얼마 전에 헤어졌던 그 사람을 떠올리게 했다.

하지만 뱃가죽이 등에 달라붙기 일보 직전인 지금 상황에서 그딴 걸 따지고 있을 수는 없었다.

이걸 붙인 사람들은 대체 누구일까…….

—바로 그때, 나는 멤버를 모집하고 있는 그 2인조를 보

고 그대로 딱딱하게 굳었다.

그들은 묘하게 나와 인연이 있는 두 사람이었다.

여러모로 문제가 많아 보이는 이 모집 글 때문인지, 아직 아무도 그들과 접촉하지 않은 것 같았다.

"……어이, 조건 좀 낮추자. 우리 목적이 마왕 토벌이니 어쩔 수 없기는 하지만……. 그래도 상급 직업만 모집하는 건 좀 그렇잖아."

소년은 그런 정론을 늘어놓고 있었다.

한가한지 테이블 위에 엎드려 있던 물빛 머리카락의 여자애는—.

"으으……. 하지만, 하지만……."

—하고 타협하는 것을 거부하고 있었다.

아마 저 여자애가 이 문장을 적은 것이리라.

그렇다면 저 사람이 자칭 미인 아크 프리스트인 걸까.

……아크 프리스트.

물빛 머리카락을 지닌, 미인 아크 프리스트?!

나는 무심코 미소를 머금었다.

마을 사람들이 필사적으로 찾아다녔는데도 못 찾을 만했다.

나는 테이블 위에 축 늘어진 여자애를 보면서 그렇게 생각했다.

그리고 내가 이런 말을 하는 것도 좀 그렇지만, 이 두 사람과 파티를 짜면 왠지 고생할 것 같은 느낌이 들었다.

"이대로는 한 명도 안 올 거야. 그리고 너는 상급 직업이지만 나는 최약체 직업이라고. 동료들이 전부 엘리트라면 내 입지가 좁아질 거야. 그러니까 조건을 조금만 낮……."

그런 예감이 들면서도 그 두 사람이 앉아 있는 테이블에 다가간 나는 쿨한 마법사인 척하며 말을 걸었다.

"상급 직업인 모험가를 모집한다고 해서 왔습니다만, 제대로 찾아온 것 맞나요?"

하지만, 이 두 사람은—.

매일 우연히 볼 때마다, 항상 즐거워 보였다.

나는 괴짜인 것 같으니, 이런 사람들과 함께 다니는 것도 나쁘지 않으리라.

—이곳은 풋내기 모험가의 마을, 액셀.

나에게 있어 이 마을은 통과점에 지나지 않을 줄 알았다.

하지만 뜻밖에도 이 마을에서 오래 지내게 될 것 같다.

나는 굳어있는 두 사람 앞에서, 망토를 펄럭이며 말했다!

"내 이름은 메구밍! 아크 위저드를 생업으로 삼고 있으며, 최강의 공격 마법, 폭렬마법을 펼치는 자……!"

STAFF

원작 / 아카츠키 나츠메

안녕하십니까. 맥주병 자르기를 할 줄 아는 소설가, 아카츠키 나츠메입니다.
『이 멋진 세계에 폭염을!』 시리즈가 무사히 완결됐습니다!
이 시리즈가 무사히 완결될 수 있었던 것은 미시마 쿠로네 선생님을 비롯해
담당 편집자님과 편집부 여러분, 디자이너님과 교정자님, 영업 담당자님 등,
도저히 다 셀 수 없을 만큼 많은 분들의 도움, 그리고 끝까지 읽어주신
독자 여러분 덕분입니다. 여러분들을 향한 감사의 마음을 담아
이 자리에서 제 필살의 장기인 맥주병 자르기를 선보이고 싶습니다만,
그럴 페이지가 없어서 정말 아쉽습니다.

그럼 다음은 본편『이 멋진 세계에 축복을!』로 다시 찾아뵙겠습니다!
구매해 주셔서, 그리고 읽어주셔서 진심으로 감사드립니다!

일러스트 / 미시마 쿠로네

미시마 쿠로네입니다.
스핀오프의 삽화도 담당하게 되어 정말 기뻤습니다! 홍마족 여러분에게
행운이 함께하기를!

디자인

무카데야 유우코+나카무라 나나후시
(무시카고 그래픽스)

편집

카도카와 스니커 문고 편집부

CAST

메구밍　융융　춈스케

세실리

라인 셰이커

린 키스 테일러

라이즈 라이나 아인

잭 토머스 로드

렉스 테리 소피

미츠루기 쿄야

호스트

아쿠아 사토 카즈마

SPECIAL THANKS

다크니스

액셀 마을 여러분

아쿠시즈 교도 여러분

에리스 교도 여러분

— 완 —

■역자 후기

안녕하십니까. 근로청년 번역가 이승원입니다.

『이 멋진 세계에 폭염을!』 시리즈의 완결편인 3권을 구매해 주셔서 진심으로 감사드립니다.

『이 멋진 세계에 축복을!』 시리즈의 전일담이자 스핀오프라고 할 수 있는 이 시리즈도 드디어 완결되었습니다.

현재 『정신 나간 폭렬걸』이라는 이명을 지닌 최강의(위력만으로 따지면 사실일지도?) 마법사, 메구밍. 그녀가 카즈마, 아쿠아와 만나기 전에 해왔던 모험들이 다뤄지고 있는 이 작품을 정말 재미있게 번역했습니다.

그리고 번역을 끝낸 역자로서 이 시리즈의 양대 주인공이라 할 수 있는 메구밍과 융융에게 한마디 하자면…….

"너희 둘, 그냥 결혼해 버려~!"

―라고 말하고 싶네요, AHAHA.

정말 어울리는 커플이었습니다.

항상 라이벌이라는 말을 입에 달고 살지만 매권마다 메구밍을 지키기 위해 사력을 다하는 융융.

그리고 그런 융융에게 마음의 문을 열어가고 있으면서도 그것을 겉으로 드러내지 않는 메구밍.

특히 메구밍은 자기가 좋아하는 여자애에게 장난만 치는 개구쟁이 같더군요. 그리고 진짜로 위험할 때는 바람처럼 나타나 강적에게 필살기를 먹이죠! ……물론 그 후에는 폼 안 나게 풀썩 쓰러져버리지만요.^^ 하지만 그게 메구밍의 매력 아니겠습니까!

그리고 『이 멋진 세계에 축복을!』 1권에서 간략하게 넘어갔던 카즈마&아쿠아의 눈물 나는 막노동 에피소드가 다각도에서 다뤄져서 좋았습니다. 특히 아쿠아는 언제 어디서나 기대(?)를 저버리지 않더군요.^^

독자 여러분들께서도 꼭 본편 곳곳에 등장한 엑스트라들을 살펴봐주시길. 뜻밖의 재미(?)를 발견할 수 있을지도 모릅니다.^^

그럼 이만 줄이겠습니다.

본편뿐만 아니라 스핀오프인 이 작품도 저에게 맡겨주신 L노벨 편집부 여러분. 항상 감사합니다. 앞으로도 잘 부탁드리겠습니다.

나한테 건네주라고 동네 형님이 맡겨둔 텀블러를 한 달이

지났는데도 아직 넘겨주지 않은 지인이여. 그 사이에 우리 몇 번 만났는지 기억해? 내가 밥을 몇 번 샀는지 기억해?!

마지막으로 언제나 제게 버팀목이 되어주시는 어머니와 『이 멋진 세계에 폭염을!』을 읽어주신 모든 분들에게 진심으로 감사드립니다.

의외의 인물이 운영하는 왁자지껄 고민상담소(?)가 나오는 외전 작품의 역자 후기 코너에서 다시 뵙겠습니다!

2016년 4월 말

역자 이승원 올림

이 멋진 세계에 폭염을! 3
두 사람은 최강!의 턴

1판 1쇄 발행 2016년 6월 10일
1판 7쇄 발행 2022년 6월 24일

지은이_ Natsume Akatsuki
일러스트_ Kurone Mishima
옮긴이_ 이승원

발행인_ 신현호
편집장_ 김승신
편집진행_ 권세라 · 최혁수 · 김경민 · 최정민
편집디자인_ 양우연
관리 · 영업_ 김민원

펴낸곳_ (주)디앤씨미디어
등록_ 2002년 4월 25일 제20-260호
주소_ 서울시 구로구 디지털로 26길 111 JnK디지털타워 503호
전화_ 02-333-2513(대표)
팩시밀리_ 02-333-2514
이메일_ lnovellove@naver.com
L노벨 공식 카페_ http://cafe.naver.com/lnovel11

원제 KONO SUBARASHII SEKAI NI SHUKUFUKU WO! SPIN OFF
KONO SUBARASHII SEKAI NI BAKUEN WO! Volume 3 FUTARI WA SAIKYOU NO TURN

ISBN 979-11-5981-075-6 04830
ISBN 979-11-86906-41-5 (세트)

값 6,800원

L NOVEL

금색의 문자술사 1권

토모토 스이 지음 | 스마키 슌고 일러스트 | 김장준 옮김

식사와 독서를 사랑하는 『아웃사이더』 고등학생 오카무라 히이로는
같은 반의 리얼충 네 명과 함께 이세계로 소환됐다.
《용사》가 되어 인간국 빅토리어스를 구해달라는 왕녀의 부탁에 들뜨는 리얼충들,
그런 와중 밝혀진 히이로의 칭호는— 《말려든 자》?!
원래 세계로 돌아갈 방법은 없다. 용사들과 장단을 맞출 생각도 없다.
하지만 기왕 하게 된 이세계 라이프.
적은 문자의 이미지를 발현하는 히이로만의 능력(유니크 치트) 《문자마법(워드 매직)》을 사용해
미지의 요리와 책을 찾아 홀로 모험에 나선다!
이세계에서도 고고한 『아웃사이더』 노선을 관철하는 히이로는 아직 모른다.
이윽고 히어로라고 불리게 될 자신의 미래를…….

소설가가 되자 사이트에서
조회수 1억을 돌파한 초인기 대작

NOVEL